법의학으로 보는 한국의 범죄 사건

법의학으로 보는 한국의 범죄 사건

문국진 지음

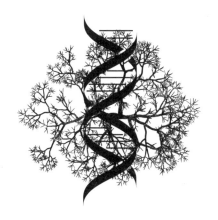

들어가는 말

나는 국립과학수사연구소에서 일을 하다가 1970년에 고려대학교 의과대학 교수로 자리를 옮겼다. 한국처럼 법의학에 대한 인식이 부족한 나라에서는 법의학이 무엇인지를 알리는 일이 시급하다고 생각했기 때문이다.

1978년부터는 유한양행에서 발행하는 〈유경〉이라는 사보에 "법의 방담"을 연재하기 시작했다. 생각보다 인기가 있었고, 연재가 오래 계속되었다. 그러던 중 1985년에 《새튼이》가 단행본으로 묶여 나오게 되었다. 1955년은 내가 대학을 졸업한 해이기도 하고, 그해 창립된 국립과학수사연구소에서 법의관 업무를 시작한 해이기도 하다. 그로부터 꼭 30년이 되는 해였다.

문학을 공부한 적도 없고 글 쓰는 재주도 없는 사람이 책을 낸다는 것이 주제넘는 일로 여겨지기도 했지만, 장차 이 길을 걷는 사람들이 겪어야 할 일들을 미리 알려주고 싶었다. 그런 간절한 마음으로 부족한 글이지만 책으로 내기에 이르렀다.

《지상아》는 그 이듬해에 나왔다. 《새튼이》가 기대 이상으로 일반인의 관심을 받았기 때문이다.

그것이 벌써 30년쯤 전의 일이다. 나는 평생을 법의학에만 몰두하며 살았다. 은퇴한 뒤에는 북 오톱시(책을 통한 부검)에 매달렸다. 그러던 어느 날, 나보다 나를 더 잘 아는 강창래 작가를 만나게 되었고, 내 삶 전체를 두고 인터뷰를 시작했다. 그것이 《법의관이 도끼에 맞아 죽을 뻔했다》라는 책으로 나왔다. 이런 과정에서 나는 처음으로 지난날을 돌아보고 다시 정리할 수 있는 기회를 가졌다. 그러면서 뜻밖에도 젊은이들이 '아직도' 옛날에 출간된 《지상아》와 《새튼이》에 실린 이야기를 재미있게 읽고 있다는 사실을 알게 되었다. 그래서 그 책들에서 의미심장한 글들을 골라 한 권의 책으로 묶게 되었다.

"사람에게는 생명이 소중하고, 문화인에게는 권리가 소중하다."

내가 자주 쓰는 말이다. 법의학은 문화가 발달된 사회에서만 가능한 것이다. 한국의 법의학이 아직 충분히 발달하지 못했다고 본다면, 한국 사람들의 권리가 아직 충분히 보호받지 못하고 있는 셈이다. 이 책을 통해 법의학이라는 학문이 어떤 것이며, 이 사회에서 어떤 역할을 하고 왜 요구되는지를 독자 여러분이 이해할 수 있다면 좋겠다. 또 이것이 계기가 되어 법의학의 발전에 조금이나마 기여할 수 있다면 더할 나위 없는 기쁨으로 여기겠다.

끝으로 이 사건들은 법의관이었던 내가 혼자 해결한 것이 아님을 밝혀둔다. 직간접으로 참여했던 동료 의사, 약사, 간호사, 의료기사 그리고 검찰관, 수사관, 변호인 여러분이 있었다. 그분들에게도 감사드린다. 또 사건에 등장하는 피해자 여러분의 명복을 빈다.

2011년 11월,

여의도 지상재知床齋에서

유포柳浦 문국진文國鎭

차례

2장 성범죄 사건

3장 지능적인 사건의 전말

1장
완전범죄는 가능한가?

범죄는 흔적을 남긴다

프랑스 법의학자 에드몽 로카르Edmond Locard, 1877~1966가 남긴 유명한 법칙이 있다. "모든 범죄는 흔적을 남긴다." 에드몽 로카르는 1912년에 자기 애인을 목 졸라 죽인 에밀 거빈 사건을 해결하면서 자신이 말한 이 법칙을 증명했다. 로카르는 완벽한 알리바이를 가진 거빈의 손톱 밑에서 채취한 물질에서 피해자의 피부조직과 분홍색 분가루를 찾아냈다. 당시에는 피부조직을 검사할 과학적인 능력이 없었지만, 분홍색 분가루는 피해자가 쓰던 것임이 틀림없었다. 이것을 증거로 범인에게서 자백을 받아냈고, 더불어 유죄판결로 이끌었다. 한국에서 일어난 오래된 사건 가운데도 그런 것이 있었다.

K씨 부부는 자식이 없었다. 무자식이 상팔자라고 자위하면서도 미련을 버리기는 쉽지 않았다. 그러나 이제 60대가 되고 보니 친자식을 얻

을 수 있으리라는 기대는 버려야 했다. 오히려 자식이 없어서 돈은 모을 수 있었는지도 모른다. 종잣돈을 마련한 뒤에는 전당포를 열었고, 사채놀이를 했다. 전당포는 간판이었을 뿐 고리 사채놀이가 주업이었다. 그래서 고리 사채에 관한 한 피도 눈물도 없는 샤일록 같은 사람이었다. 전당포에서도 그랬다. 말할 수 없는 헐값으로 전당물을 잡았다가 날짜가 지나면 가차 없이 처분해버렸다. 그 일에 관한 한 잔인하다고 표현해도 모자랄 만큼 철저했다. 그러나 한편으로는 자기가 좋아하는 사람에게는 그야말로 자기 살을 베어 먹일 정도로 친절하고 살뜰하게 대하는 면도 있었다.

특히 이웃집 이발소에서 일하는 이발사인 N청년과의 관계가 그랬다. N도 이발소에 손님이 없으면 전당포의 K씨 부부를 찾아가 말벗이 되거나 세상 돌아가는 물정을 알려주었다. 잔심부름이나 집 수리 등 노인이 하기 힘든 일도 자진해서 도와주었다. 그런 식으로 몇 년을 지내다보니, N은 K씨 부부를 친부모처럼 여기고 따랐다. K씨 부부도 자식처럼 그를 대했다.

세월이 흐르면서 N이 결혼을 했다. 모아둔 돈으로 전세방을 얻었고, 월급으로 힘겹긴 했지만 두 사람 생활은 꾸려나갈 수 있었기 때문에 나름대로 행복했다. 그런데 6개월마다 오르는 전셋값을 N으로서는 감당할 수가 없었다. 그때마다 N은 K씨에게 부탁해 간신히 그 돈을 채우곤 했다.

그러나 N씨 부부는 불안하기만 했다. 그래서 상의 끝에 조그마한 판잣집이라도 마련해보기로 했다. 이발소가 쉬는 날이면 이 젊은 부부는 변두리로 집을 보러 다녔다. 그러나 그런 집들도 하나같이 엄두를 내기 힘들 만큼 비쌌다. 결국 N은 K씨에게 부탁해서 모자라는 돈을 빌렸고, 판잣집을 하나 장만했다.

그런데 K씨와 N청년은 돈 문제에 대해 서로 다른 생각을 갖고 있었다. N은 K씨가 제아무리 이름난 수전노지만 자기한테는 좀 다르게 대해줄 것이라고 생각했고, K씨는 아무리 N이지만 취한 돈의 이자는 제대로 쳐서 받아야 한다고 생각했다.

N은 집을 마련한 기쁨에 더 열심히 일했다. 또 살림을 맡은 부인도 생활비를 절약하며 빌린 돈을 갚기 위해 노력했다. 그렇게 어느 정도 돈을 모은 N은 일부나마 갚을 수 있게 되었다는 기쁜 마음을 안고 K씨를 찾아갔다. N이 돈을 내놓으며 일부를 갚으러 왔다고 말하자, K씨는 돈을 세어보더니, 그 돈은 겨우 이자에 해당되는 정도일 뿐이라고 말했다. 순간 N은 깜짝 놀랐다. K씨가 자기에게는 고리 사채놀이를 하지 않으리라 믿었기 때문이다. N은 한동안 무슨 말을 해야 좋을지 몰라 방바닥만 쳐다보고 있었다. 그런데 설사 이자를 받는다고 해도 이건 너무 심하다는 생각이 들었다. 그래서 겨우 입을 떼고는 그러면 너무 심한 고리 사채가 되는 것 아니냐고 했다.

K씨는 그 말을 듣더니 얼굴을 붉히며 대뜸 욕설을 퍼부었다. 젊은 놈이 남의 돈을 공짜로 쓰려고 하면 안 된다는 것이었다. N도 실망감과 분노에 휩싸여 지지 않고 말대꾸를 했다. 말이 오갈수록 분위기는 험해졌고, 날이 섰다. 마침내 K씨의 커다란 주먹이 N의 얼굴을 쳤고, N은 옆에 있던 과도를 번쩍 집어 들었다. 그러고는 K씨의 앞가슴을 찔렀다. 싸우는 소리를 듣고 K씨 부인이 방문을 열었는데, 칼을 든 N과 피를 흘리는 K씨를 보고는 방 안으로 뛰어들었다. N은 K씨의 부인마저 사정없이 찔

렀다. N은 순식간에 엄청난 범행을 저질렀지만, 잠깐 냉정을 되찾았다. 자신이 이 집에 온 것을 아는 사람은 없었다. N은 자신의 흔적을 지우고 아무도 보는 사람이 없다는 것을 확인한 다음, 그 집을 빠져나왔다. 다음 날, 전당포 노부부 살인사건이 신문에 대대적으로 보도되었다. 수사는 여러 각도에서 시작되었다. 그러나 좀처럼 단서가 잡히지 않았다. N은 시치미를 떼고 K씨 부부의 빈소에 나가 울면서 밤을 지새웠다.

S수사관은 현장을 조사하다가 라이터 하나를 주웠다. 주변 사람들에게 탐문해보니 K씨는 담배를 피우지 않았다고 했다. 그렇다면 범인의 것일 수 있다. 라이터에서 지문을 채취할 수 있기를 바라며 지문 감식반에 넘겼다. 그러나 지문을 확인할 수 없었다. 그래도 혹시 라이터에서 범인의 흔적을 찾을 수 있을지 모른다는 희망을 가지고 내가 일하는 실험실로 찾아왔다.

안타까운 일이지만 지문을 현출해내지 못할 정도라면 혈액형도 알아낼 수가 없다. S수사관은 내 설명을 듣더니 심하게 낙심했다. 그렇다면 단서가 전혀 없으니 이 사건을 해결하기는 거의 불가능하다는 것이었다. 나는 일단 그 라이터를 검사라도 해보자고 했다. 라이터가 범인과 피해자가 접촉하는 과정에서 남겨진 것이라면, 라이터와 범인이 접촉하는 과정에서 남겨진 그 무엇이 있을지도 모른다. 라이터의 위에서 밑까지, 그리고 앞뒤를 조심스럽게 살펴보았다. 얼핏 이상한 것이 눈에 들어왔다. 라이터의 심지 부근에 아주 작은 입자들이 붙어 있었다.

S수사관에게 잠깐 기다리라고 말하고는 심지 주위의 입자를 채취해 현미경으로 들여다보았다. 그것은 아주 작기는 했지만, 사람의 머리카

락이었다. 라이터 심지 근처에 사람의 머리카락이 왜 이렇게 많이 묻어 있을까? 곰곰이 생각해보니, 만일 이발사가 이 라이터의 주인이라면 가능한 일이었다.

S수사관에게 이런 감정 결과를 알려주었다. 내 말을 듣더니 S수사관의 가느다랗고 긴 눈이 번쩍 뜨였다. 그가 무릎을 딱 치며 말했다. "용의자 가운데 이발사가 있습니다!"

다음 날, S수사관은 보따리 하나를 들고 다시 찾아왔다.

"선생님 말씀대로 이발사가 범인이었습니다. 어제 자백을 받아냈고, 범행 당시 입었던 옷을 증거물로 압수했습니다. 옷에 묻은 피를 검사해보면 K씨 부부의 피라는 것을 확인할 수 있을 겁니다. 선생님, 잘 부탁합니다."

보따리 속에는 피 묻은 옷이 들어 있었다. 검사 결과, 그 옷에는 K씨 부부의 혈액형과 일치하는 혈흔이 묻어 있었다. 이처럼 모든 범죄는 어떠한 경우에도 흔적을 남기기 마련이다.

가장 그럴듯하지 않아도 그것이 진실이다

지방의 경찰 공의로 있는 K의사가 나를 찾아왔다. 최근에 검시를 했는데 자살인지 타살인지 확신이 서지 않으니, 자문을 해달라는 것이었다.

여대생이 자기 하숙방에서 시체로 발견되었다는 연락을 받고 K의사가 현장에 도착했을 때는 경찰의 현장검증이 끝난 상태였다. 경찰은 피투성이가 된 여대생의 옷을 벗긴 다음 흰 시트로 덮어두었는데, 시체를 보니 왼쪽 가슴의 심장부에 자창(날카로운 칼 같은 것에 찔린 상처)이 하나 있을 뿐이었다. 그 밖에는 어디에도 상처가 없었으며, 저항한 흔적도 보이지 않았다. 사인은 심장의 자창으로 인한 출혈사였다. 현장만 봐서는 자살인 것도 같고, 타살인 것도 같다는 이야기였다.

타살로 보이는 이유는 흉기를 사용해서 자살을 하는 경우 대개는 주저흔(주저하면서 생긴 손상)이 있는데, 이 시체에는 전혀 없었기 때문이다. 아무리 자살할 마음을 굳게 가졌다고 해도 자기 자신을 단칼에 해치

우기는 힘들다. 더욱이 이처럼 솜씨 좋게 단 한 번에 자기 자신의 심장을 찌르기는 힘든 일이다.

한편 자살로도 보이는데, 그 이유는 무엇보다 흉기가 바로 그 여대생이 사용하던 과도인 데다가, 가슴에 꽂힌 그대로 발견되었기 때문이다. 타살이었다면 저항한 흔적이 조금이라도 있지 않았겠느냐는 것이었다.

나름대로 일리 있는 설명이었다.

나는 우선 발견 당시의 현장 상황을 챙겼다. 현장을 발견한 사람의 진술조서와 현장사진을 보여달라고 했다. 발견 당시에 찍은 현장사진을 보니, 여대생은 옷을 입은 채 엎드려 있었다. 그래서 입고 있던 옷을 가져오도록 했다. 상의는 티셔츠, 목면 내의, 그리고 브래지어였으며 하의는 검정색 치마와 삼각팬티였다. 옷을 보고는 깜짝 놀랐다. 여기저기 가위질 자국이 보였다. 어떻게 된 일인지 물어보았더니, 피투성이가 된 옷을 벗기기 어려워서 가위를 사용했다는 것이었다. 검시의사가 현장에 가기도 전에 옷을 벗기는 것만 해도 증거를 훼손하는 짓인데 가위질까지 했다니 어처구니가 없었다. 어쩔 수 없이 시간이 많이 걸리더라도 옷이 찢어진 부분을 하나하나 확인할 수밖에 없었다. 그 결과, 옷에는 가위질한 곳 말고는 손상된 흔적이 전혀 보이지 않았다.

그래서 나는 자살이라고 결론을 내렸다. K의사는 아직도 이해가 잘 안 되는지 설명을 부탁했다.

자살하는 사람들은 가능한 한 통증이 없고 빨리 죽을 수 있는 방법을 찾는다. 흉기를 쓴다면 급소를 겨냥해서 효과적으로 찌르려고 한다. 그래서 거사 직전에 자신의 몸에서 가해할 부분을 확인하는 경향이 있다. 이 여대생은 심장부를 찌를 작정을 했고, 티셔츠와 속옷, 브래지어까지 걷어올려서 위치를 확인했던 모양이다. 그렇지 않았다면 상의 어디에라도 칼자국이 있어야 한다. 그러나 전혀 없었다. 만일 타살이라면 이 상황을 설명할 길이 없다. 심장을 찌르기 위해 상의를 걷어올리지도 않겠지만 그럴 이유도 없고, 설사 그랬다고 하더라도 아무런 저항도 받지 않고 그럴 수는 없었을 것이다.

설명을 듣고 나더니 K의사가 다시 물었다.

"충분히 이해가 갑니다. 그런데 아직 해결되지 않은 궁금증이 하나 남아 있습니다. 상처를 보면 단 한 번 강하게 찌른 것이 분명해 보입니다. 여자가 그럴 수 있을까요?"

당연한 질문이다. 자기 손으로 칼을 쥐고 자신의 가슴을 찌르는 방법으로는 한 번에 심장을 관통하기 어렵다. 여자의 힘으로는 더욱더 그럴 것이다. 그러나 가슴에 칼을 대고 앞으로 쓰러지거나 벽에 강하게 부딪친다면 가능한 일이다. 벽에 부딪치는 방법으로 자살에 성공하려면 대개 식칼 정도 길이의 칼을 써야 한다. 그리고 이때의 자창은 수평으로 형성된다. 그러나 과도처럼 작은 칼이라면 방바닥에 쓰러지면서 자기를 찔러야 자살에 성공할 확률이 높다. 이 경우 자창의 방향은 아래쪽에서 위쪽으로 향하게 된다.

"자창의 방향이 아래쪽에서 위쪽을 향하고 있었지요?"

"예, 그랬습니다."

"그렇다면 시체가 발견된 방바닥에 칼자루가 닿았던 흔적이 반드시 있을 겁니다. 핏자국을 닦고 찾아보십시오."

내 말이 다 끝나기도 전에 K의사는 현장 확인을 해야겠다며 떠났다. 그리고 몇 시간 뒤에 전화가 왔다.

"선생님! 방바닥에서 칼자루 뒷부분이 닿으며 미끄러진 자국이 있었습니다. 피 때문에 보이지 않았던 겁니다. 정말 감사합니다. 덕분에 이 사건도 명확하게 해결됐습니다."

이 사건이 일어났을 때만 해도 법의학이나 법의관에 대한 인식이 부족하던 때였다. 경찰은 현장검증을 통해 얻은 소견이나 심증을 검시의사에게 말해주지 않았다. 심한 경우에는 검시관을 테스트하기 위해 상황을 일부러 끝까지 알려주지 않는 경우도 있었다. 또 검시관이 현장에 도착하기 전에 현장을 엉망으로 훼손하는 일도 잦았다.

검시관이 시체만으로 증거를 찾아내는 것은 어려운 일일 수 있다. 사건의 정황을 이해해야 시체에게 물어볼 말이 무엇이고, 들어야 할 대답이 무엇인지 좀 더 명확해진다. 그래서 검시관이 현장에 나가보는 일은 매우 중요하다.

불행 속의 비극

50대 남자의 시체를 부검해서 자살인지 타살인지, 가름해달라는 의뢰가 있었다. 정황을 물어보았다.

신고를 받고 현장으로 출동한 수사관의 설명은 이랬다. S씨는 집에서 죽었다. 응접실과 현관에는 칼부림의 흔적으로 보이는 피가 사방에 흩뿌려져 있었다. 흉기는 이 집에서 쓰던 식칼이었다. 현장에는 부인이 있었는데, 손과 옷이 피투성이였다. 부인은 남편이 스스로 목숨을 끊은 것이라고 했다. 자신은 식칼로 자살하려는 남편을 발견하고, 이를 말리기 위해 칼을 빼앗으려고 했다는 것이었다. 그 과정에서 자신의 손과 옷에 피가 묻었다고 했다. 그렇다면 남편의 자살 동기는 무엇이냐고 경찰이 물었다. 그런데 부인은 그것에 대해서는 대답하지 않았다. 검안의사는 자살 같지 않다는 의견을 내놓았다.

부검을 해보았다. 피투성이인 시체를 씻기고 살펴봤더니, 상복부와

하복부 사이에 커다란 자창이 다섯 군데나 나 있었다. 외형만 보고는 자살이라고 단정하기 어려웠을 것이다. 복부에 있는 다섯 군데의 자창을 자세히 들여다보았다. 위에서 아래로 내려가면서 점점 더 깊이 찔렸다. 마지막 자창을 보니 복대동맥이 찔렸다. 그것이 치명상이었을 것이다. 남자는 잠옷을 입고 있었는데, 잠옷에는 칼자국이 없다. 옷을 걷어올리고 칼로 찔렀다는 이야기다. 자살의 전형적이고 특징적인 소견을 보이고 있었다. 다른 사람이 옷을 걷어올리고 찌른다는 건 말이 안 된다. 치명상 이전에 생긴 네 군데의 자창은 주저흔으로 보아야 할 것이다. 좀더 확실히 하기 위해 수사관에게 현장을 안내해달라고 했다. 응접실 벽에서 식칼의 뒷부분이 닿은 흔적을 확인했다.

나는 수사관에게 자살이 확실하다고 알려주었다. 자살임이 확인됐으니 부인을 안심시키고, 전후 사정을 알아보라고 했다. 그다음 날, 담당 수사관이 나를 찾아왔다. 내 말대로 부인을 안심시킨 다음 수사가 마무리되려면 자세한 사정을 알아야 한다고 했더니, 어쩔 수 없다는 듯 설명을 하더라는 것이었다.

부인 L씨는 젊어서 남편과 사별하고 지내다 3년 전에 지금의 남편인 S씨와 재혼했다. S씨도 부인과 사별하고 딸 하나를 데리고 홀아비 생활을 하고 있었다. 딸이 다 자라서 혼기가 가까워지자 S씨의 일가문중에서 극성스럽게 재혼을 권유했다. 그런 과정에서 S씨와 L씨가 만나게 된 것이다. L씨 입장에서 보면, 20대의 딸을 데리고 사는 50대의 홀아비와 결혼을 한 셈이었다. L씨는 그런 저간의 사정을 설명한 다음 어처구니없는 이야기를 꺼냈다.

다음은 수사관이 전해준 L씨의 말이다.

"글쎄… 자기 딸과 놀아나곤 했어요. 정말 이상한 남자였습니다. 이상한 낌새가 있긴 했지만 그래도 설마 했는데…, 어제 자기 딸과 동침하는 것을 내 눈으로 보고 말았어요. 막상 보게 되니, 어이가 없고 천지가 무너지는 것 같았어요. 내가 결혼한 사람이 이런 짐승 같은 사람이었나 싶었던 거예요. 그래서 밤새 닦달을 했어요. 딸은 그대로 가출해버렸고, 남편이란 작자는 아무 대답도 없이 담배만 계속 피워댔습니다. 악에 받친 나는 내일 아침에 이 사실을 동네 사람들에게 알리고 신문사에 찾아가 터뜨려버리겠다고 했어요. 그래도 묵묵부답이었습니다. 그러고 잠시 화장실에 다녀왔어요. 그런데 방으로 돌아와보니, 남편이 없는 거예요. 조금 있으니 거실에서 이상한 소리가 나기에 나가봤어요. 남편이 부엌에 있던 식칼을 들고 나와 끔찍한 짓을 저지르고 있었어요."

이 이야기를 들은 내 머릿속이 갑자기 헝클어지는 것 같았다. 불행 중의 비극이 아닌가! 부인과 사별한 불행한 남편과 딸에 의해 연출된 비극일 뿐만 아니라, 그 종말까지 본 셈이다. 부녀상간이라는 말은 들어봤지만, 실제로 그런 상황에서 일어난 사건을 직접 취급하게 될 줄은 몰랐던 것이다.

인류 역사를 들여다보면 근친상간은 어느 나라, 어느 민족이건 있었던 것 같다. 《구약성서》 창세기(19:30~19:38)를 보면, 롯과 두 딸의 상간에 대해 다음과 같이 기록되어 있다.

롯이 소알에 거주하기를 두려워하여 두 딸과 함께 소알에서 나와 산에 올라가 거주하되 그 두 딸과 함께 굴에 거주하였더니 큰 딸이 작은 딸에게

이르되 우리 아버지는 늙으셨고 온 세상의 도리를 따라 우리의 배필 될 사
람이 없으니 이 땅에는 우리가 우리 아버지에게 술을 마시게 하고 동침하
여 우리 아버지로 말미암아 후손을 이어가자 하고 그 밤에 그들이 아버지
에게 술을 마시게 하고 큰 딸이 들어가서 그 아버지와 동침하니라. 그러
나 그 아버지는 그 딸이 눕고 일어나는 것을 깨닫지 못하였더라. 이튿날
큰 딸이 작은 딸에게 이르되 어제 밤에는 내가 우리 아버지와 동침하였으
니 오늘 밤에도 우리가 아버지에게 술을 마시게 하고 네가 들어가 동침하
고 우리가 아버지로 말미암아 후손을 이어가자 하고 그 밤에도 그들이 아
버지에게 술을 마시게 하고 작은 딸이 일어나 아버지와 동침하니라. 그러
나 아버지는 그 딸이 눕고 일어나는 것을 깨닫지 못하였더라. 롯의 두 딸
이 아버지로 말미암아 임신하고 큰 딸은 아들을 낳아 이름을 모압이라 하
였으니 오늘날 모압의 조상이요, 작은 딸도 아들을 낳아 이름을 벤암미라
하였으니 오늘날 암몬 자손의 조상이었더라.

성경에는 근친 간의 강간에 대한 이야기도 나온다. 사무엘하 13장 1
절에서 30절에 따르면, 다윗 왕의 아들 압살롬의 여동생 다말을 이복 오
빠인 암논이 강간했다. 이를 안 압살롬이 원한을 품고 있다가 연회가 열
린 자리에서 술에 취해 거나해진 암논을 살해했다는 기록이 나온다. 한
국의 역사를 들여다보아도 없었던 일이 아니다. 그러나 이런 불행은 불
행 그 자체로 그쳐야 한다. 비극으로까지 몰고 가서야 쓰겠는가!

삭발된 음모

서해안 태안반도의 작은 포구 마을에 난데없이 여자 변사체가 떠밀려오는 바람에 한바탕 소동이 벌어졌다. 신원을 파악할 수 있는 증명서를 아무것도 찾을 수 없었다. 경찰은 곧 공의인 K박사에게 연락해 부검을 의뢰했다.

부검 결과, 알아낸 사실은 이런 것들이었다. 나이는 40대 전후이며 자궁이 없었는데, 자궁적출수술을 받은 흔적이 있었다. 위의 내용물은 300그램 정도 남아 있었는데, 소화가 되지 않은 상태로 보아 식후 얼마 되지 않아 죽었다. 그리고 머리와 얼굴, 가슴 등에 커다란 열창(찢어진 상처)이 있었다. K박사는 살해된 뒤 바다에 던져진 것이라고 생각했다. 그런데 K박사가 부검을 하다 말고 나에게 전화를 걸어왔다.

"선생님, 이러저러한 여자 시체를 부검하고 있는데요, 증거물을 어떻게 확보해야 범인을 색출하는 데 도움이 될까요?"

현명하고 양심적인 의사라는 생각이 들었다. 대개의 경우, 의사가 일단 부검을 시작하면 다소 망설여지는 점이 있어도 그대로 진행하고 사후에 자문을 구한다. 그런데 K박사는 부검이 끝나지 않은 상태에서 자문을 구하고 있지 않은가.

그 점이 마음에 들었다. 나는 내가 알고 있는 지식을 모두 짜내어 알려주었다. 의심나는 부분은 모두 사진을 찍고, 개인식별이나 사인을 구명하는 데 필요한 자료 및 조직은 무엇 무엇이니, 그런 것들도 아울러 채취하라고 일러주었다. 다음 날, 오후 늦게 K박사는 수사관과 함께 나를 찾아왔다. 현장과 시체 사진들을 꺼내놓고 자세하게 설명을 해주었는데, 그들은 머리와 얼굴, 가슴 등에 있는 커다란 열창으로 보아 타살이라고 결론을 내리고 있었다. 타살이라면 변사체의 신원을 알아내는 것이 가장 중요하다. 그러나 신원을 확인할 수 있는 것은 아무것도 없었다. 지문을 채취하려고 했지만 물에 너무 불어서 그마저도 할 수가 없었다.

나는 우선 머리, 얼굴, 가슴 등에 있는 열창들을 검토해보았다. 20센티미터가 넘는 커다란 상처들이었지만, 골절된 뼈는 전혀 없었다. 그렇다면 이 열창이 죽음의 직접적인 원인이 아닐 수도 있다. 그렇다고 해도 이런 상처를 만든 흉기가 무엇인지를 알아내는 것은 중요한 일이다. 그래서 열창을 여러 각도에서 찍은 사진으로 흉기가 무엇인지 알아보도록 했다. 결론은 스크루 손상screw injury이었다. 스크루 손상이란 시체가 표류될 때, 배의 스크루(속칭 프로펠러)에 닿아 생긴 상처를 말한다. 그러니까 물에 빠진 뒤에 입은 상처였다.

하복부에는 기다란 수술 창흔(칼에 의한 상처의 흔적)이 있었다. 그런데 그 밑에 있는 음모가 유난히 짧았다. 복부를 수술할 때는 대개 음모

면도를 한다. 수술을 한 시기가 그리 오래되지 않았다는 뜻이다. 음모의 길이를 재어보면 수술한 시기를 알 수 있을 것이고, 또 수술의 종류도 알고 있으니 신원을 파악할 수 있는 중요한 실마리가 될 수 있다.

나는 K박사에게 음모의 길이를 재어보았는지 물었다. K박사는 역시 신중하고 꼼꼼한 공의였다. 길이가 1.2센티미터쯤 된다고 알려주었다. 음모는 하루에 평균 0.3~0.4밀리미터씩 자라니까, 수술한 지 30~40일이 지난 셈이다.

나는 수사관에게 시체가 발견된 장소와 인접한 지역의 모든 산부인과에 조회해보도록 했다. 물에 빠져 있던 날짜를 대략 10일 정도로 잡으면, 40~50일 전에 자궁적출수술을 받은 40대 여자로 혈액형은 AB형이라고 알려주었다. 그리고 약 1주일이 지났을 무렵, K박사로부터 전화가 걸려왔다.

"선생님, 변사체는 N산부인과에서 자궁암으로 자궁적출수술을 받은 42살의 여자로 밝혀졌습니다. 수술 당시는 자궁암이라는 사실을 본인에게 숨겼는데, 퇴원하고 집에서 요양하고 있을 때 친척에게 우연히 들어서 알게 되었다고 합니다. S라는 이 여인은 이 사실을 알고 몹시 낙담하고 고민하다가 집을 나간 지 10일이 넘었다고 합니다. 부검 당시에 위장의 내용물을 검사해보았더니 다량의 수면제가 검출되었습니다. 간이나 콩팥과 같은 장기에서도 플랑크톤이 검출된 것을 보면 수면제를 먹고 물에 빠져 죽은 것으로 보입니다. 선생님 덕분에 잘 해결된 것 같습니다. 감사합니다."

이 S여인의 경우는 수술할 때 면도했던 음모가 신원을 알아내는 데 결정적인 역할을 했다. 결국 신원을 밝혀내고 주변 상황을 조사해서 법의학적인 증거와 맞춰보니, 타살이 아니라 자살이라는 결론에 이르게 된 것이다.

이처럼 모발은 여러 가지 법의감정물 중에서 매우 중요한 대상이 된다. 사건 현장에서 채취한 모발을 감정했을 때 그것이 용의자의 것과 일치한다면 용의자가 그 현장에 있었다는 증거가 된다. 특히 강간사건일 경우에는 피해자의 음모에 가해자의 음모가, 또는 가해자의 음모에 피해자의 음모가 섞이게 되므로 이를 증명함으로써 범인을 밝혀낼 수 있다. 때로는 이 사건처럼 모발이 삭발된 뒤의 경과 시간이 개인식별의 단서가 되기도 한다. 예를 들어 이발 또는 면도 후 며칠이 지난 사람의 모발인가에 따라 모발의 주인을 알아내는 데 결정적인 근거가 되기도 한다.

그러나 다음과 같은 경우에는 오해가 있을 수도 있다.

저녁 파티에 나간다고 면도를 하고 집을 나간 P씨가 3일 뒤에 산기슭에서 시체로 발견되었다. 검시한 수사관은 수염이 2~3밀리미터 정도 자란 것으로 보아, 면도하고 집을 나간 지 3~5일 뒤에 살해되어 산에 버려진 것으로 생각했다. 그러나 이 시체가 산에 버려지는 것을 목격한 사람의 신고는 달랐다. 목격자는 파티가 있던 바로 그날, 밤이 늦은 시각에 산속에서 택시를 보았고, 그 택시가 사람을 버리고 도망을 치더라는 것이었다. 택시를 수배해 운전기사가 잡혔고, 기사는 목격자의 진술을 전부 시인했다. 기사의 말에 따르면, 술에 취한 사람을 치었는데 병원으로 싣고 가던 중에 죽어버리자 처벌이 두려워 산기슭에 버리고 도망쳤다는 것이었다. 사건은 해결되었지만, 담당 수사관은 이해할 수가 없었다. 수염은 죽은 뒤에도 자란다는 뜻이 되기 때문이다. 그러나 이 경우는 죽은 뒤에 자란 것이 아니다. 사람이 죽으면 경직 현상으로 모낭이 수축되기 때문에 모낭 안쪽에 있던 모발이 밖으로 밀려나와 마치 수염이 자란 것처럼 보이게 된다. 이 사건의 경우 다행히 목격자가 있었고, 그 진술이 정확했기 때문에 쉽게 해결되었다. 그렇지 않았다면, 사망 시기를 잘못 판단해 수사에 혼선을 가져왔을지도 모른다.

물에 빠진 시체가 시랍이 되는 경우

젊은 전쟁미망인이 있었다. S라는 이름을 가진 이 여인은 대학 시절에 한국전쟁을 겪었다. 피난 생활을 하던 중에 군인을 만나 결혼을 했다. 그런데 결혼하고 3개월쯤 지나서 남편이 일선으로 배치되어 가버렸다. S는 이따금 면회를 갔는데 미모가 뛰어난 데다, 여자를 자주 보지 못하는 일선 군인들은 S가 면회만 가면 다들 환영하고 환송해주었다.

그러던 어느 날, S는 남편이 전사했다는 소식을 듣게 되었다. S는 생계를 꾸리기 위해 할 수 없이 직장을 구했다. 당시에는 여자가 대학을 나온 경우가 드물었다. 그러니 그때의 기준으로 보면 S의 지적 능력은 대단한 것이었다. 게다가 예쁘기까지 했으니 그리 힘들지 않게 직장을 구할 수 있었다. 모 식료품회사 사상의 여비서로 취직해서 열심히 일했다. 남편을 잃은 슬픔을 잊고 싶은 마음까지 더해져 더욱더 일에 몰두했을 것이다. 사장도 이 여비서의 사정을 잘 알고 있었고, 사려 깊게 배려

해주었다.

그런데 이 S에게 불행이 닥쳐왔다. 교통사고를 당한 것이다. 부상이 심했다. 왼쪽 넓적다리뼈가 부러지고 얼굴 부분의 좌상(피부 표면에는 이상이 없으나 내부의 조직이나 장기가 손상된 상태)으로 아래위 앞니가 부러졌다. 요즘은 대개 보험에 들어 있으니 치료비 걱정을 덜하지만, 그 당시에는 그렇지 않았다. 사고를 낸 운전사도 도망가버렸으니 치료비가 큰 걱정거리였다. 이런 딱한 사정을 알게 된 사장이 치료비를 마련해주었고, 병원에도 자주 방문해서 위로해주곤 했다. S의 대퇴골은 개방성 정복수술을 받아 잘 치료되었고, 아래위 앞니는 완전 의치를 해서 새로 끼워넣었다.

퇴원 후, S는 다시 사장의 비서로 일을 시작했다. 사장에게 신세를 졌으니 당연히 더 열심히 일했고, 회사는 날로 번창했다. 그런데 그만 사장과 연인 사이로 발전해버렸고, S는 임신을 하게 되었다. 사장은 낙태를 권했지만, S는 아기를 낳을 결심으로 사장의 말을 듣지 않았다. 그랬으니 다툴 수밖에 없는 상황이 자주 벌어졌다. S는 점점 더 많은 요구를 했고, 사장은 그 요구들을 다 들어줄 수는 없다고 생각했다. 결국 사장은 S를 살해할 결심을 하게 되었다.

사장은 어느 날, S를 교외로 유인해 아비산이 든 주스를 마시게 해서 독살했다.

아비산(As_2O_3)은 대개 비소라고 알려진 독물이다. 무색, 무취, 무미해서 표시가 나지 않아 고대로부터 독살할 때 많이 쓰였다. 쥐약이나 파리끈끈이, 벽지인쇄용 잉크 등에서 쉽게 구할 수 있다. 게다가 몸에 이상한 증상이 나타나도 급성 위장병으로 오인하기 쉽다. 비소 종류 가운데 아비산이 가장 많이 쓰이는데, 다량으로 섭취하면 급성 마비를 일으켜서 몇 시간 안에 죽는 것이 보통이다. 여기서 다량이라는 건 100~300 밀리그램 정도를 말한다.

아무튼 이 사장은 여비서 S에게 아비산을 먹여 독살한 뒤, 무거운 돌을 시체에 매달아서 강물에 던져버렸다. 그리고 사장은 완전히 끝났다고 생각했다. S는 완전히 고기밥이 될 것이니 완전범죄라고 자만했다.

비소는 몸에 한번 들어가면 거의 반영구적으로 남지만, 비소가 어디에서 발견되느냐에 따라 다르게 해석해야 한다. 비소는 위장 또는 기타 점막으로 흡수되는데, 일부는 간에 축적되고 일부는 대소변이나 유즙(젖) 또는 땀으로 빠져나간다. 그리고 손발톱이나 머리카락 혹은 뼈에 축적된다. 머리카락이나 피부에서는 발견되지 않는데 위나 다른 장기에서 확인되면 급성중독을, 다른 곳에서도 증명된다면 만성중독을 생각해볼 수 있다. 머리카락과 피부에서만 보이면 치료 목적으로 흡수된 것일 수도 있다. 부패된 시체나 백골이라면 주변의 토양이나 관 안에 넣은 조화 같은 것에서 침투한 것일 수도 있으니 잘 살펴야 한다. 그리고 급성중독이었다면 시체를 부검해도 아무런 소견을 찾을 수 없는 경우도 많다.

2년이 지났다. 한 낚시꾼이 강물에 떠오른 여인의 시체를 발견했다는 신고가 경찰에 접수되었다. 범인의 생각대로 물속에서 2년이나 지난 시체라면 개인식별도 곤란할 뿐 아니라 거의 모든 증거는 사라지고 말았을 것이다. 그것이 보통의 경우다. 그런데 독살된 시체가 그대로 썩어

사라지기는 억울했던지, S여인의 시체는 시랍이 되어 있었다.

시랍屍蠟의 '시'는 시체이고, '랍'은 왁스나 양초를 뜻하는 한자 말이다. 그러니까 시체가 왁스처럼 변하는 현상을 말한다. 영어로는 애더포시어adipocere인데 서파너피케이션saponification, 비누화이라고도 한다. 습기가 많고 공기가 잘 통하지 않는 곳에 시체가 놓이면 시체의 지방이 가수분해加水分解되어 지방산과 글리세린이 형성되는데, 여기에 칼슘이나 마그네슘과 같은 알칼리성 금속이온과 부패할 때 생긴 암모니아가 결합하면 비누화가 진행된다. 물에 빠진 시체의 경우, 1~2개월쯤부터 형성되기 시작해서 4개월 정도면 완성된다. 시랍이 형성되면 잘 부서지니까 조심해서 다뤄야 하는데, 생존했을 당시의 손상 흔적이 그대로 보존되는 경우가 많다.

S여인의 경우에는 시랍이 형성되는 동안 물속에 붙잡아 두고 있던 끈은 삭아서 끊어졌고, 시랍이 된 상태로 물 위로 떠올랐던 것이다. 그런데 시랍이 형성되면 시체의 부패가 정지되어 비교적 원형이 잘 보존되기 때문에 부검을 하면 많은 것을 알아낼 수가 있다. 나는 경찰의 의뢰를 받아 이 사건의 부검을 맡게 되었다. 그런데 사인이 될 만한 흔적을 찾을 수가 없었다. 그래서 먼저 시체의 신원을 알아보는 데 초점을 맞췄다. 그래야 정황을 파악할 수 있고, 어떤 증거를 찾아야 할지 명확해진다.

시체의 왼쪽 넓적다리에 반흔(흉터)이 있고, 넓적다리뼈에는 금속판이 부착되어 있는 것으로 봐서 생전에 교통사고와 같은 큰 사고를 당했던 적이 있었을 것이다. 게다가 아래위 좌우 문치(앞니 두 개)가 금관으로 덮여 있었다. 수사관들에게 이런 사실을 알려주면서 교통사고를 많이 다루는 병원과 치과를 탐문해보라고 했다.

결국 치료받은 병원을 찾아냈고, 시체의 신원을 확인할 수 있었다. S 여인의 주소로 찾아가보니 그이는 모 회사 사장의 여비서였고, 2년 전에 행방불명되어 가출인 신고가 되어 있었다.

수사관들은 당연히 그 사장을 방문해서 탐문해보았다. 그런데 사장은 사라진 여비서에 대한 이야기가 나오자 눈에 띌 정도로 태도가 이상했다. 그래서 본격적으로 사장과의 관계를 집중 조사해봤더니, 결국 S여인을 마지막으로 본 사람이 사장이라는 것을 알게 되었다. 경찰은 사장을 연행해서 문초를 했고, 결국 자백을 받아낼 수 있었다. 억울하게 죽은 여자라 한이 맺혀서 죽은 뒤에도 썩지 않은 모양이라고 그 사장은 말했다. 그러고는 결국은 자기가 죽일 놈이라며, 마음 한구석에 늘 어두운 그림자가 따라다녔는데 다 털어놓고 나니 속이 시원하다고까지 했다.

역시 완전범죄는 불가능한 것이라는 생각이 든다.

카스페르의 부패법칙

변사체가 발견되었을 때, 사후 경과 시간을 알아내는 것은 사건의 정황을 파악하고 용의자를 확인하기 위해 매우 중요하다. 이 사후 경과 시간을 추정하기 위해서는 체온, 시반, 시강, 부패 정도를 고려해야 한다. 그러나 이런 사후 변화 역시 개체의 차이와 시체가 놓여 있는 곳의 상황에 따라 크게 달라질 수 있다. 시체가 살아 있었을 때의 나이, 성별, 영양 상태, 착의 상태, 죽음 직전의 근육운동 유무, 기온, 습기, 사인 등을 따져보아야 한다. 그래서 사후 경과 시간을 정확하게 알아내려면 많은 경험이 필요하다.

특히 시체가 어느 장소에 있었는가에 따라서 그 부패 정도에 많은 차이가 난다. 독일 법의학의 대가인 카스페르Casper는 많은 검시 경험과 동물 실험을 통해 부패법칙을 만들어냈다. 시체가 부패되는 속도는 흙 속이냐, 물 속이냐, 공기 속이냐에 따라 크게 달라진다. 그 비율이 대략

1대 2대 8이라는 것이다. 이것이 '카스페르의 부패법칙'이다.

나는 이 법칙과 관련해서 잊지 못할 기억을 가지고 있다. 법의학을 공부하기 시작하고 얼마 되지 않은 시절의 이야기다. 그 당시 경찰전문학교(현 경찰대학)에는 수사관들을 교육하는 과정이 있었다. 선배들은 강의 훈련을 겸하는 뜻에서 그 과정에서 강의를 하도록 했다. 나는 사후 변화와 관련된 사후 경과 시간을 추정하는 방법을 강의하면서, 당연히 '카스페르의 법칙'을 다뤘다.

그 후 모 지방경찰서에서 부검 의뢰가 와서 출장을 나갔다. 단순한 사건인 줄 알았는데 내용을 듣고 보니 매우 큰 사건이었다. 시체가 발견된 장소는 그 지방 경찰서장의 관저였다. 집을 수리하기 위해(다다미로 되어 있던 방을 온돌로 개조하기 위해) 방바닥을 팠는데, 그곳에서 부패된 여자의 시체가 발견되었던 것이다. 시체는 심하게 부패되어 연부조직(soft tissue, 장기·근육·혈관 등의 조직)의 외상을 확인하기는 어려웠다. 수사관은 사후 경과 시간만이라도 알려달라고 했다. 나는 약 3개월이 지난 것 같다고 알려주었다.

그러고 며칠 지난 뒤, 신문을 보다가 깜짝 놀랐다. 내가 해부했던 그 사건이 크게 보도된 것이었다. 범인은 이전 경찰서장의 운전기사 W였다. W는 그 집 가정부로 있던 P양과 삼각관계에 얽혀 있었다. 2년 전 여름, 모두 바다로 여름휴가를 떠난 사이에 P양을 독살해 방바닥에 암매장했다는 것이다. 나는 부검을 마친 뒤, 사후 경과 시간을 약 3개월이라고 하지 않았던가. 그런데 이 기사에 따르면, 2년 전에 살해당했다는 것이다. 이만저만한 잘못이 아니었다. 무척 당황스럽고 여간 미안스럽지 않았다.

그런데 며칠 뒤, 그 당시 수사를 담당했던 R주임이 나를 찾아왔다. 방에 들어선 R주임은 문간에서부터 허리가 구부러지게 절을 하면서 말문을 열었다.

"선생님 덕분에 사건이 잘 해결됐습니다. 그런데 처음에는 무척 애를 먹었습니다. 선생님께서 사후 경과 시간을 3개월이라고 하셔서 그대로 믿고 수사했으니까요. 그런데 제가 그 경찰서에 근무한 지 6개월쯤 되었는데, 그 사이에 그런 사건이 있었다면 제가 알고 있어야 맞지 않겠습니까. 게다가 현재 그 관저에 살고 있는 K경찰서장도 부임한 지가 1년이 넘었으니, 3개월 전에 그런 사건이 발생했다고 보기도 어렵습니다. 그래서 선생님께서 말씀해주신 3개월이 무슨 의미일까 곰곰이 생각해봤습니다. 그러다가 경찰전문학교 시절의 강의 노트를 꺼내 보았는데, '카스페르의 부패법칙'이 딱 눈에 띄더군요. 아하, 바로 이것이구나, 했습니다. 그 시체는 흙 속에 매장되어 있었던 것이니까 3개월에다 8을 곱해야 사후 경과 시간이 맞지 않습니까. 그러면 2년 전이었어요. 그래서 그 당시에 관저에 살던 사람들에 대해 확인해봤습니다. 그랬더니 가정부를 찾을 수 없었습니다. 탐문해봤더니 전 경찰서장 가족들이 여름휴가를 마치고 돌아왔더니 가정부가 없어졌더라는 겁니다. 그래서 그 시체는 그 집 가정부 P양이라는 것을 알게 되었고, 관저에 암매장을 했다면 그 집에 무시로 드나들 수 있는 사람이었을 거라고 본 겁니다. 수사를 해보니 전 경찰서장의 운전기사였던 W가 P양과 깊은 관계에 있었더군요. 그런데 W는 유부남이었습니다. P양이 임신을 하게 되자 결혼을 요구했다고 합니다. 그래서 W는 P양을 약으로 낙태시키기로 마음먹고는 비산을 먹여 독살한 다음 암매장했다고 자백했습니다.

선생님께서는 제가 '카스페르의 부패법칙'을 알고 제대로 활용할 수 있는지 테스트하신 거지요?"

나는 말없이 고개를 끄덕이며 쓴웃음을 짓지 않을 수 없었다. 내가 잘못 판정했던 것이다. 강의한 사람은 '카스페르의 법칙'을 적용시키지 못했는데, 오히려 강의를 들은 사람은 이 법칙을 제대로 적용시켰다. 요즘도 '카스페르의 법칙'에 대한 이야기만 나오면 그 당시 상황이 떠올라 얼굴이 붉어진다.

목매단 시체, 자살인가 타살인가

제주도에서 일어난 사건이다. 한 청년이 피투성이가 되어 목이 매달린 채 죽은 모습으로 발견되었다. 처음 부검한 의사는 자살이라고 했고, 부락민들은 그 검시 결과를 믿지 않았다. 결국 다시 다른 의사가 부검을 했는데, 타살이라는 결론이 났다. 두 의사의 의견이 이렇게 다르고 보니, 부락민들의 추리는 꼬리에 꼬리를 물며 부풀려졌다. 부락민들은 끝내 경찰이 동네 청년을 죽이고 자살로 꾸몄다고 분노하면서 폭동이라도 일으킬 기세였다. 이 문제를 해결하기 위해서 제3자에 의한 재부검이 필요해졌다. 그래서 내가 부검을 맡게 된 것이다.

정황은 이랬다. S는 그 부락의 모범 청년이었다. 어느 날 저녁, S는 기분 좋을 정도로 술을 마셨다. 집으로 돌아가던 S는 정박해 있던 배에서 선원들이 노름하고 있는 것을 보고는 승선해 노름을 그만둘 것을 호소했다. 그러나 선원들은 좀처럼 그만두려 하지 않았고, S에게는 기분 좋게 술을 마셨으면 집에 가서 잠이나 자라고 했다. 그러다 보니 다투게 되었다. 한 선원이 경찰서 초소에 신고를 했다. 술 취한 청년 하나가 배에 올라와 행패를 부리고 있다고 한 것이다. S는 현장에서 수갑이 채워져서 초소로 연행되었다. S는 선원들을 올바르게 선도하려 한 자기를 그 사람들 앞에서 수갑까지 채워 연행한 것은 잘못된 처사라고 비난하자 언쟁이 벌어졌다. 그러다가 K순경이 잠시 화장실에 다녀왔다.

당시 그 초소에는 K순경이 혼자 근무하고 있었고, 무기고에는 카빈총이 세 자루 있었다. S는 혼자 있는 틈을 타서 무기고를 부수고 실탄이 든 카빈총 한 자루를 꺼냈다. K순경이 돌아오자 S는 총을 쐈다. 그러나 맞지 않았고, 카빈총을 두고 둘 사이에 격투가 벌어졌다. 술을 마신 데다가 수갑을 차고 있던 S가 싸워 이기기는 어려운 상황이었다. 결국 S는 도망을 쳤고, K순경은 그 사실을 곧바로 본서에 연락했다.

문제는 그다음 날 아침, S가 시체로 발견된 것이었다. 초소에서 약 2킬로미터 떨어진 산기슭에 있는 소나무에 목이 매달려 있었는데 경직된 상태였다. 여전히 수갑을 차고 있었고, 얼굴은 피투성이였다. 목을 맨 끈은 S의 바지를 찢어 만든 것이었다.

내가 보기에도 일단 S는 심하게 구타당한 것으로 보였다. 얼굴에 좌상과 찰과상이 많았다. 목에는 각각 폭 5센티미터와 0.5센티미터의 삭흔이 두 군데 나 있었다. 삭흔의 '삭索'은 노끈이라는 뜻으로, 목에 나타난 노끈의 흔적을 모두 삭흔이라고 한다. 또 왼손 손바닥 중앙에 길이 5센티미터, 폭 1센티미터, 깊이 1센티미터 정도의 열창이 하나 있었고, 내부 장기는 질식사의 소견 조건을 모두 구비하고 있었다.

우선 목에 있는 삭흔 두 군데가 어떻게 해서 생겼느냐 하는 것을 규명해야 했다. 만일 도립병원의 B의사 의견대로 폭 0.5센티미터의 삭흔이 누군가가 끈으로 목을 졸라 죽게 한 교사의 흔적(목을 자기 체중 이외의 힘으로 졸라 생긴 끈의 흔적)이라면 목을 수평으로 일주하는 형태를 띠고 있어야 한다. 그런데 이 삭흔은 양쪽 모두 이개부착하연(耳介附着下緣, 귓바퀴 아래쪽에 붙어 있는 가장자리 부분)에서 끝나 있었다.

이런 삭흔은 의사(縊死, 자기 체중에 의한 힘으로 목에 감긴 끈이 조여서 질식하는 것)에서 볼 수 있는 전형적인 소견이다. 당연한 것이겠지만 폭 5센티미터의 삭흔도 이개부착하연에서 그치고 있었다. 목에 있는 삭흔 대로만 해석하자면, 의사를 두 번 시도했다는 뜻이 된다. 그 답은 S의 목을 매달고 있던 끈에서 찾을 수 있었다. 그 끈은 S의 바지를 찢어서 만든 것이니, 누가 그 바지를 찢었는지 알아내면 된다. S가 직접 찢었다면 자살로, 누군가 다른 사람이 찢었다면 타살로 봐야 할 것이다.

S의 바지를 검사해보았다. 바지에는 핏자국이 묻어 있었다. 그 피는 S의 혈액형인 B형이었다. 참고삼아 K순경의 혈액형을 검사해보니 A형이었다. 바지를 찢어 목맬 끈을 만든 것은 S임이 분명해 보였다. 또 한 가지 근거는 그 당시 S는 수갑을 차고 있는 상태였기 때문에 팔목 운동에 제한이 있어서 바지를 여러 번 찢어야 했을 것이다. 그것을 증명이라도 하듯, 여러 개의 혈흔이 직선상으로 배열되어 있었다. 그 간격은 약 12센티미터였다. 좀 더 확실히 하기 위해 실험을 해보았다. S와 같은 신장을 가진 두 사람으로 하여금 손에 인주를 바르고 수갑을 찬 채로 흰색 실험복을 찢게 한 것이다. 그 결과 12센티미터 간격으로 인주 바른 손자국이 직선상으로 배열되었다. 바지를 찢어 목을 맬 끈을 만든 사람이 S라는 점에는 의심의 여지가 없어 보였다. 그렇다면 폭 0.5센티미터의

삭흔은 어떻게 생긴 것일까? 현장을 조사해보면 알 수 있을 것 같았다. 틀림없이 첫 번째 자살 시도에 실패한 흔적이 현장 근처에 있을 것이니, 찾아보라고 통보했다.

며칠이 지난 뒤 나무에 감겨 있던 전선을 찾았다며, 검사해달라고 보내왔다. 그 전선에서도 S의 혈액형과 같은 혈흔이 묻어 있었다. 전선이 끊어진 부분을 보니, 낡아서 S의 체중을 지탱하지 못하고 끊어졌음을 알 수 있었다.

죽음 뒤에 찾아오는 엄청난 가스 폭발

임신한 여자가 죽은 뒤, 그대로 관에 넣어 매장하면 관 안에서라도 반드시 아기를 낳는다는 믿음이 있다. 언제나 그런 것은 아니지만, 조건만 맞으면 그런 일이 일어날 수 있다. 내가 맡았던 사건에도 그런 예가 있었다.

L부인은 사망 당시 32세로 두 아이의 엄마였다. 남편 L씨는 부인보다 두 살 아래로 서울 명문가의 세 아들 중 막내였지만, 장차 모 기업을 이어받을 예비 사장이었다.

두 사람은 대학 시절에 친구의 소개로 알게 되어 열렬히 사랑하게 되었다. 그러다가 임신을 하게 되었는데, 대학 졸업이 얼마 남지 않은 때였다. 두 사람은 졸업한 뒤에 결혼할 것을 굳게 약속하고는 각자 부모에게 알렸다. 여자 쪽 집에서는 임신한 딸의 결혼을 허락했지만, 남자 쪽 집에서는 완강하게 반대했다. 특히 L씨의 어머니는 여자가 연상이라는 점을 들어 절대 반대했다. 그러나 두 남녀의 결심은 변하지 않았고, 집을 구해서 살림을 차렸다. 시간이 흘러 아들을 낳았고, 그 사실을 L씨의 집에 알렸다. L씨의 어머니는 여전히 그들을 용납하지 않았고, 당연히 시댁에서는 아무도 찾아오지 않았다. 그러나 L씨의 할아버지는 증손자가 보고 싶었다. 결국 L씨 부부의 집을 방문하게 되었고, 할아버지는 귀여운 아이의 모습과 예쁜 손자며느리에게 마음을 빼앗기고 말았다. 집으로 돌아간 할아버지는 아들 내외를 불러다가 손자며느리와 증손자를 집으로 들이게 했다. 그래서 L씨 부부는 시댁으로 들어가 살게 되었다. 예상된 일이긴 했지만, 고부간의 갈등은 아주 심했다. L부인은 하루도 편할 날이 없었다. 그런 상황에서도 세월은 흘렀고, 둘째 아들을 낳고 셋째를 임신했다.

그러던 어느 날, L부인이 음독자살을 했다. 이 소식이 L부인의 친정집에 전해지자 친척들이 대거 상경했다. 시어머니가 며느리를 심하게 냉대했다는 소문을 듣고 있었던 친척들 사이에서 추측이 분분했다. 결국 음독자살인지 독살당한 것인지 알 수 없는 것 아니냐, 그러니 부검을 해서라도 사인을 분명히 규명해야 한다는 쪽으로 의견이 모아졌다. 그래서 유족들의 요구에 의해 부검을 하게 되었다.

그런데 L부인의 시체는 이미 입관되어 있는 상태였다. 관을 부검실로 옮겨 시체를 꺼내기 위해 관의 뚜껑을 열었다. 바로 그때 작업을 하던 인부 두 명이 "으악!" 하는 비명 소리와 함께 돌부처럼 굳어버렸다. 부검을 위해 옷을 갈아입고 고무장갑을 끼던 나는 관 쪽으로 가보았다.

관 속의 L부인은 완전히 부패되어 있었으며, 전신은 부패가스로 인해 기종상(氣腫狀, emphysema, 폐포 내에 공기가 가득한 상태)을 나타내고 있었다. 또 눈을 부릅뜨고 혓바닥은 돌출되어 무서운 얼굴을 하고 있었으며, 게다가 임신되었던 태아가 관 속에서 분만이 되어 있었다. 그 광경을 보고 사람들이 심하게 놀랐던 것이다.

사람이 죽으면 장 내용물의 배설 즉, 대변이 중지된다. 그러니 장내 세균은 계속 번식하지만, 전혀 배출되지 않는 상태가 지속된다. 장내 세균은 마침내 혈관으로 들어가게 되는데, 혈액은 세균에게 좋은 영양소가 되므로 빠르게 번식하면서 온몸으로 퍼져나간다. 시간이 흐르면서 시체 내부에는 부패가스가 가득 차게 된다. 그 가스의 압력이 눈알을 튀어나오게 만들고, 혀를 바깥으로 내밀게 만드는 것이다. 그리고 배는 마치 풍선처럼 팽팽하게 부풀어 오른다. 이 부패가스의 압력이 높아지면 태아를 자궁 밖으로 밀어내게 된다.

이런 현상은 기온이 높은 여름에 나타나는 경우가 많다. 추운 겨울에는 드물다. 그리고 초산부보다는 아기를 낳아본 경험이 있는 여자에게서 더 자주 볼 수 있다.

가끔 임산부가 죽었을 때 유족들은 대개 모체에서 아기를 꺼내줄 것을 요구한다. 아마도 사후에 겪을 분만의 고통을 덜어주려는 생각이 아닐까 싶다. 그런데 의사는 무조건 그 요구를 들어주어서는 안 된다. 질병으로 사망한 것이 분명한 경우에는 상관이 없지만, 외인에 의해 사망한 경우이거나 사인이 불분명한 경우에는 반드시 법적인 절차를 밟아야 한다. 그러지 않으면 시체를 손괴한 책임을 져야 한다.

타르 색소로 찾아낸 교통사고 시체 유기범

서울 근교의 어느 조그만 마을에서 일어난 일이다. 해마다 겨울철에 눈이 내리면 이 동네 청년들은 떼를 지어 토끼사냥을 다녔다. 그해에도 눈이 내리자 토끼사냥을 나섰다. 그들은 토끼가 지나는 길목에 덫을 만들기 위해 여기저기에서 나뭇가지를 치고 있었다.

그때 골짜기 쪽에서 일하던 청년 하나가 비명을 내질렀다. 눈에 덮여 있던 시체를 보았던 것이다. 소리 나는 쪽으로 청년들이 모두 모여들었다. 그 가운데 청년 하나가 용기를 내어 시체 위의 눈을 털어냈다. 얼굴과 의복은 온통 피투성이였다. 청년들은 경찰에 신고했다. 경찰이 와서 옷을 뒤져보니 지갑이 들어 있었다. 그 속에는 신분증뿐만 아니라 돈도 그대로 들어 있었다. 강도사건은 아니었다.

시체는 H개발회사의 경리계장이었던 W라는 사람으로, 1주일쯤 전에 행방불명이 되었다. 착하고 성실한 사람으로 정평이 나 있었기 때문에 주변 사람들 누구도 행방불명된 이유를 짐작도 하지 못했다. 수사관이 조사해보니, 그는 1주일쯤 전에 고등학교 동창들의 모임에 갔다고 했다. 같은 도시에 살면서도 자주 만나지 못하는 친구들을 만나 여러 차례 술자리를 옮겨가며 마셨던 모양이다. 통금 시간이 가까이 되어서야 헤어졌는데, 그 뒤로는 본 사람이 없었다.

혹시 통금 시간에 대해 모르는 사람이 있을지 몰라 덧붙인다. 예전에 한국에는 야간통행 금지제도가 있었다. 조선 시대에도 국경 부근이나 도성에 그런 제도가 있었다. 일제 강점에서 해방된 뒤, 미군정에서 시작된 현대의 야간통행 금지제도는 1955년에 한국 정부에 의한 법령이 공포됨으로써 자리를 잡았다. 통금 시간은 밤 12시부터 새벽 4시까지였는데, 그 시간 동안에는 집 밖으로 나다닐 수 없었다. 그래서 날마다 밤 11시쯤부터 귀가 전쟁이 시작되었다. 집으로 돌아가려는 사람들이 서너 배의 요금을 주고라도 택시를 잡으려 했고, 택시는 손님을 한 번이라도 더 태우기 위해 '죽음의 질주'라고 부를 만큼 총알처럼 달려댔다(그래서 총알택시라고도 불렀다). 택시를 잡지 못한 사람들은 여관 신세를 지거나 파출소에서 밤을 새워야 했다. 야간통행 금지제도는 1982년 1월 5일 새벽 4시를 기점으로 사라졌다.

아무튼 경찰은 수사를 시작하면서 동네의 공의에게 부탁해 부검을 했다. W의 시체는 손상이 많이 되었는데, 그중에서도 치명상은 두개골 골절로 인한 경뇌막상출혈이라는 것이 밝혀졌다. 말하자면 W는 머리 부분에 작용한 외력에 의해 두개강 내에 출혈이 생겼고, 그것이 뇌를 압박해 죽음에 이른 것이었다. 그 밖에도 늑골의 골절, 왼쪽 정강이뼈의 골절 등이 있는 것으로 보아 W에게는 사망 전에 상당한 외력이 작용한 것을 알 수 있었다. 사망 원인을 밝혀낸 다음에는 사망한 장소가 어디인지 확인해야 한다. 발견된 장소인지, 아니면 살해된 뒤에 그곳으로 옮겨진 것인지 알아내야 하는 것이다.

경찰관들은 동네 청년들과 더불어 현장의 눈을 쓸어내고 나서 조사를 시작했다. 시체가 발견된 장소를 중심으로 해서 그 주변에 격투한 흔적이나 혈흔 같은 것을 찾아본 것이다. 그러나 그런 흔적은 찾아볼 수 없었다. 그래서 일단 W가 다른 곳에서 살해된 후에 이곳에 버려졌다고 결론을 내렸다. 그리고 사망 시각은 동창회가 있었던 날 밤으로 추정되었으므로 그날 모였던 동창들을 중심으로 수사를 시작했다. 특히 그날 W와 같이 여러 번의 술자리를 함께했던 몇 명의 친구들을 심문했다. 그러나 누구 하나 의심 가는 사람이 없었고, 어떤 실마리도 찾을 수 없었다.

그러는 동안 어떤 흉기로 어떻게 살해되었는지를 조사했다. 부검을 했던 공의는 '그런 것까지는 모르겠다'며 나에게 찾아가볼 것을 제안했다고 한다.

수사관들은 부검 전후에 찍은 W의 시체 사진을 들고 찾아왔다. 나는 시체부검 감정서와 사진을 검토해보았다.

시체의 손상은 좌우에 편재해 있을 뿐 가운데 부분에는 손상이 전혀 없었다. 두개골 골절 역시 오른쪽 머리 부분에, 경뇌막상출혈도 오른쪽이었으며 늑골의 골절도 오른쪽이었다. 그러나 정강이뼈 골절은 왼쪽이었다. 왼쪽은 아래쪽에, 오른쪽은 위쪽에 외력이 주로 작용했으며, 왼쪽보다 오른쪽에 작용한 외력이 더 컸고, 그것이 죽음의 원인이 되었다는 것을 알 수 있었다.

이런 특징을 가진 손상 형태는 주로 자동차 사고에서 보인다. 그래서 나는 이 사건을 자동차 사고로 보고 다시 분석해보았다. 왼쪽 정강이뼈의 골절은 자동차 범퍼와 충돌해서 생긴 손상으로 볼 수 있다. 그다음에 W의 몸은 앞쪽으로 날려갔을 것이고, 공중에서 떨어지면서 오른쪽 가슴과 머리 부분이 바닥에 부딪치면서 골절과 출혈이 생긴 것으로 볼 수 있다. 그렇게 본다면 W의 오른쪽 부분, 특히 손이나 얼굴 부분에서 바닥과 부딪치면서 합입된 무엇인가를 찾을 수 있을 것이다. 땅바닥이었다면 모래나 흙, 작은 돌조각 같은 것일 테고, 아스팔트였다면 타르 색소가 합입되어 있을 것이다. 그래서 오른쪽 신체 부위를 조사해보았더니 오른쪽 손등에 검은 타르 색소가 침착된 찰과상이 있었다. W는 자동차 사고로 아스팔트 위에서 죽은 것이다. 그 당시에는 도시에서 조금만 벗어나도 아스팔트가 아직 깔려 있지 않았으니, 시내에서 교통사고를 당했다고 봐야 했다.

교통사고를 낸 자동차를 알아내기 위해 맨 먼저 조사한 것은 왼쪽 정강이뼈의 골절 위치였다. 발뒤꿈치에서 골절 위치까지의 높이가 자동차의 범퍼 높이로 볼 수 있기 때문이다. 45센티미터, 소형 승용차에 의한 교통사고였다.

여기까지 알아낸 것들을 수사관에게 통보해주었다. 그로부터 2주일쯤 지난 뒤, 사고 차량을 찾아냈다는 연락을 받았다. 운전기사의 설명에 따르면, 통금 시간에 쫓겨 총알처럼 달리는데 느닷없이 술에 취한 사람이 뛰어들어 치게 되었다고 한다. 급정거를 했지만 심하게 부상을 입었고, 차에서 내려 그를 싣고 병원으로 향했지만 가는 도중에 죽었다고 했다. 운전기사는 자신의 과실로 사람을 죽였다는 오해를 받는 것이 두려왔다. 그래서 그 길로 계속 달려 사람이 다니지 않는 산속에 시체를 버렸다고 했다. 그런데 시체만 보고 그게 교통사고였는지 어떻게 알아냈느냐고 물었다고 한다.

살해된 시체에는 살해되었던 장소의 흔적이 그대로 남아 있기 마련이다.

검부러기 속담

영화나 연극을 보면 주인공 남자가 사랑하는 여인의 주검을 안고 정처 없이 걸어가는 장면이 나올 때가 있다. 죽은 여자의 연기에 관심을 가지고 관찰하는 것은 아마도 내 직업의식 때문일 것이다. 사람이 죽으면 곧 전신의 근육은 이완된다. 그래서 죽은 직후나 죽은 지 얼마 되지 않은 주검의 팔다리를 잡아보면 힘없이 흐느적거린다. 그러나 시간이 지나면 근육이 경직되어 온몸이 굳어지고, 반나절쯤 지나면 나무토막처럼 딱딱해진다. 그런데 극중에서는 죽은 뒤의 시간과 상관없이 늘 팔다리가 흐느적거린다. 그런 연기를 볼 때마다 조금 실망스럽다. 실제와 다르기 때문이다.

사람이 죽고 나서 몸이 굳어지는 현상을 시강屍僵이라고 한다. 왜 시강이 일어나는가에 대한 질문에는 여러 가지로 답할 수 있다. 대체로 많은 학자들은 사람이 죽은 뒤에 근육 내에 있던 ATP라는 물질이 줄어들면서 일어나는 현상이라고 본다. 더욱 흥미로운 것은 시강이 일어나는 순서다. 사람에 따라 턱부터 굳어져서 목, 어깨, 팔꿈치, 팔, 손, 허리, 다리 그리고 발의 순서로 굳어지는 '하행성 시강' 현상을 보이는가 하면, 이와는 대조적으로 발에서부터 시작해서 다리, 허리, 어깨, 목 그리고 턱의 순서로 굳어지는 '상행성 시강' 현상을 보이기도 한다. 왜 어떤 사람에게는 상행성 시강이 일어나고, 어떤 사람에게는 하행성 시강이 일어나는지는 아직 모른다. 옛날 사람들은 살아서 좋은 일을 많이 하면 하행성 시강이 일어나고, 나쁜 일을 많이 하면 상행성 시강이 일어난다고 생각했다. 그러나 이것은 전혀 근거가 없다. 왜 그런지에 대한 이유와 메커니즘은 아직 제대로 밝혀지지 않은 상태다. 한국 사람은 거의 대부분이 하행성 시강을 보인다.

시강은 시간의 흐름과 함께 다시 반대 순서로 풀어진다. 죽은 뒤 12시간쯤 지나면 시강의 정도는 최고조에 달한다. 이렇게 일어난 시강은 여름에는 24~36시간, 봄과 가을이면 48~60시간, 겨울에는 3~7일이 지나면 풀어진다. 그래서 많은 사람이 집단으로 자살하거나 살해되었을 때, 이 시강 현상을 통해 죽은 순서를 짐작할 수 있다. 또 극도로 긴장한 상태에서 어떤 근육에 힘을 강하게 주다가 죽으면 죽은 직후에 시강이 나타나는데, 이런 현상을 즉시성 시강 또는 시경屍痙이라고 한다. 그 굳어진 상태는 죽음을 맞이한 순간의 상황을 짐작케 해줄 때가 많다. 그래서 시경은 법의학 분야에서 아주 중요한 증거 가운데 하나로 본다. 다음은 시경으로 살인사건의 범인을 잡았던 이야기다.

연인이었던 A청년과 S양은 산에 놀러갔다가 말다툼을 벌였다. 그런데 S양이 스스로 강물에 뛰어들어 숨졌다. A청년은 이 사실을 S양의 가족들에게 알렸고 경찰에 신고했다. 이틀이 지난 뒤 경찰은 S양이 처음 물에 뛰어들었다는 장소에서 약 1킬로미터 떨어진 곳에서 S양의 시체를 인양했고, 그 사인을 조사하기 위해 부검했다. S양의 시체는 시강이 전신과 모든 관절에 강하게 나타나 있었고, 오른손에 뿌리가 달린 풀을 한줌 쥐고 있었다. 검사 결과, 물이 기도와 폐로 들어가 익사했으며, 임신 4개월이라는 사실까지 알게 되었다.

문제는 오른손에 쥐여 있던 뿌리가 달린 풀줄기에 대한 해석이었다. 만일 A청년이 말한 대로 S양이 투신자살을 했다면, 손에 아무것도 쥐고 있지 않아야 한다. 그런데 실족해서 물에 빠지거나 타인이 밀어서 물에 빠뜨려지는 경우에는 그렇지 않다. 위급한 상황에서는 본능적으로 무엇이든 붙잡으려고 하기 때문이다. 우리 속담에 있는 것처럼, "물에 빠진 사람은 검부러기라도 잡는다." 이렇게 잡은 것은 죽은 뒤에도 놓치지 않고 그대로인 경우가 많다. 즉시성 시강, 즉 시경이 일어나기 때문이다. S양의 경우도 그랬다고 봐야 한다.

이러한 사실을 통보받은 수사관은 A청년을 심문해서 범행 일체를 자백받았다. 두 사람은 다정한 연인이었지만, A청년이 변심을 했다. S양은 이미 임신한 상태라는 것을 A청년에게 알렸지만 낙태하라고 강요했고, S양은 아기를 낳겠다고 우겼다.

결국 A청년은 S양을 살해하기로 마음먹었고, 그녀를 강물에 밀어 빠뜨리고는 자신이 강물에 뛰어들어 그녀를 구하려 한 것처럼 연극을 꾸민 것이다. S양은 강물에 빠지면서 손에 잡히는 것이라면 뭐든 잡으려 했을 것이고, 그녀는 풀줄기를 잡았다. S양은 비록 익사했지만, 시경이 일어나서 풀줄기를 꼭 잡은 손은 그대로 굳어져 자신의 죽음에 대해 말하고 있었다.

아래위의 원리

현대사회는 교통수단이 발달되어 과학문명의 고마움을 마음껏 만끽할 수 있다. 그러나 그만큼 또 사고도 많이 발생하고 대형화되어 간다. 교통사고가 발생하면 사고의 도의적이고 법적인 책임을 가늠해보기 위해 의학적인 지식이 동원된다. 특히 피해보상에 관한 문제를 해결할 때 의사의 판단은 결정적인 역할을 한다. 예전에는 자동차 사고에 법이 개입했지만, 책임보험제도가 확립되고 차 사고를 특례적으로 처리하는 법이 제정된 뒤부터는 배상과 관련된 처리 문제에 의사의 판단이 결정적인 역할을 한다. 그런 만큼 의사들도 자동차 사고에 대한 메커니즘을 이해하고 정확하게 판단해야 할 책임이 커졌다.

자동차는 저마다 크기와 무게는 다르지만, 대체적인 모양이나 구조는 비슷하다. 그래서 사고가 일어났을 때도 어떤 상황이냐에 상관없이 인체에 가해진 손상 형태가 비슷하다. 특히 자동차의 맨 앞쪽에 있는 범퍼에 의한 손상은 차의 종류, 동작, 속도 등에 상응하는 특징적인 소견을 보여준다. 손상이 약할 때는 좌상(피하 출혈)과 찰과상에 그치지만, 심한 경우에는 조직이 좌멸(挫滅, 근육·내장 등이 으스러짐)되고, 뼈에 골절을 일으키기도 한다. 또 범퍼에 의한 손상으로 가해 차의 종류를 알 수도 있다.

그런데 우리 의료계의 관행을 보면 아쉬운 점이 있다. 자동차 사고로 인한 환자가 오면 생명엔 지장이 없는지, 골절과 같이 응급처치를 요하는 손상은 아닌지, 하는 문제에만 민첩하게 반응하는 것 같다. 물론 당연한 일이다. 그런데 범퍼로 인한 손상 위치를 확인하고 그 높이를 재어서 기록하는 일도 중요하다. 그렇지 않으면 뺑소니차를 찾아내기가 어려울 수밖에 없다.

자동차는 그 차종에 따라 범퍼의 높이가 다르기 때문에 범퍼 손상의 높이(피해자의 발뒤꿈치에서부터의 높이)를 재어두면 뺑소니차를 색출하는 데 큰 도움이 된다. 범퍼 손상을 통해 사고 당시에 운전자가 브레이크를 밟았는지, 액셀러레이터를 밟았는지 알 수 있다. 교통사고 현장에서는 목소리 큰 사람이 이긴다는 말이 있다. 특히 자가 운전자는 직업적인 운전사에 비하면 운전도 서툴고 사고에 대한 경험도 적은 편이기 때문에 큰소리 앞에서는 약한 모습을 보이는 것이 보통이다. 또 목격자가 없는 데서 발생한 사고라면 운전자 잘못이 아니라고 해도 별 소용이 없는 경우가 많다. 그러나 범퍼 손상에 대해 잘 알고 있으면, 사고 당시의 상황을 정확히 알아낼 수 있다. 다음은 자동차 사고를 낸 운전자가 억울한 누명을 벗은 예다.

J씨는 50대 중년으로 모 백화점에서 수출용 목공예품 코너를 경영하

며 성실하게 살아가고 있었다. 그는 출퇴근길이 혼잡하고 대중교통을
이용하는 것이 힘들어 어쩔 수 없이 자동차를 한 대 샀다. 그리고 1년이
지나자 운전에 어느 정도 자신을 가지게 되었다. J씨는 어떤 모임에 가
더라도 차를 가져간 날이면 절대로 술을 마시지 않았다. 그러나 그날은
고등학교 동창회에 참석하면서 그 원칙을 깨트리고 말았다. 새로 나온
동창들이 많았고 어쩔 수 없이 한 잔을 마셨는데, 결국에는 취기가 돌
만큼 마셔버리고 말았다. 그러나 J씨는 전혀 취하지 않았으니 운전을
할 수 있다고 스스로 판단했다. 게다가 밤이 늦어서 차도 많지 않을 테
니 별 문제가 없을 것이라고 보았다. 실제로 옛날에는 오늘날과 달리 음
주측정을 하면서 음주운전을 단속하는 일이 매우 드물었다. 하더라도
느슨했기 때문에 빠져나갈 구멍도 많았다. J씨는 술을 꽤 마셨지만, 운
전대를 잡았고 집으로 향했다.

사고는 집 가까이에서 일어났다. 골목길에서 청년 한 명이 갑자기 튀
어나와 차에 뛰어든 것이다. 급정거를 했지만 청년은 차에 부딪쳐 인도
쪽으로 쓰러졌고, J씨의 차는 그대로 미끄러져 나가다가 멈춰 섰다. 사
방을 둘러보았다. 아무도 없는 것 같았다. J씨는 순간적으로 도망쳐야
겠다고 생각했다. 음주운전을 한 데다가 청년이 뛰어들었다는 것을 본
사람도 없으니, 증명할 방법도 없으리라고 판단했던 것이다.

J씨는 집에 들어가기는 했지만, 뜬눈으로 밤을 새웠다. 그런데 다음
날 아침 J씨 집에 경찰이 들이닥쳤고, 그는 경찰에 연행되었다. J씨는 사
고 당시에 현장에 아무도 없는 줄 알았지만, 사실은 그렇지 않았다. 멀
리서 지나가던 대학생이 이 사고를 목격했고, J씨의 자동차 번호판을 보
고 기억해두었던 것이다. 이 대학생은 자동차 사고를 당한 피해자를 업

고 가까운 병원으로 갔지만, 목숨을 구하지는 못했다. 대학생은 경찰에 빵소니차에 대해 신고했다. 이유야 어찌 됐든 J씨는 빵소니 살인범으로 몰리게 되었다. J씨는 청년이 갑자기 골목길에서 튀어나와 차에 뛰어들었기 때문에 이 자동차 사고는 불가항력이었다고 주장했다. 그러나 빵소니를 쳤기 때문에 J씨의 주장은 받아들여지지 않았다. 그런데 J씨는 검찰에 송치된 뒤에도 계속 같은 주장을 되풀이했다. 빵소니에 대해서는 잘못을 인정하고 반성하지만, 사고 자체는 불가항력이었다는 것이다. 그래서 자동차 사고로 숨진 청년을 검시하기에 이르렀다.

시체에는 왼쪽 팔 윗부분에서 넓적다리 윗부분을 거쳐 오른쪽 아래 앞부분으로 향하는 좌상과 찰과상이 있었다. J씨의 차는 포니 엑셀(1985년에 출시된 한국 최초의 전륜구동 승용차)이었다. 이 차의 범퍼 높이는 47센티미터로 그 당시 한국에서 생산되는 차종 가운데 범퍼 높이가 가장 낮았다. 이 차가 서 있는 사람이나 걷고 있던 사람을 치었다면, 무릎 아래쪽의 정강이 부분에 범퍼 손상이 생긴다. 그런데 이 청년의 경우에는 그 부분에서 아무런 손상을 발견할 수 없었다. 그 대신 위에서 말했듯이, 왼쪽 팔 윗부분에서 넓적다리 윗부분을 거치는 손상이 있었다. 이것은 이 청년이 자신의 왼쪽에서 달려오는 차에 뛰어들었다는 증거다.

그리고 찰과상의 방향이 오른쪽 아래로 향하고 있다는 것은 충돌 당시에 운전자가 급브레이크를 밟았음을 말해준다. 말하자면 달리던 차가 급브레이크를 밟으면 범퍼는 아래쪽을 향하게 되는데, 심한 경우에는 10센티미터 정도나 아래쪽으로 향하게 된다. 만일 가해자가 피해자를 살해할 목적으로 갑자기 액셀러레이터를 밟으면 범퍼는 5센티미터 정도 위쪽을 향한다. 그러므로 피해자의 몸에 남아 있는 범퍼 손상을 조사해보면 충돌 당시의 상황을 재구성해낼 수 있다.

그러니 J씨의 진술은 사실이라고 보는 것이 옳다.

얼룩이 진다

사람이 살아 있는 동안 적혈구의 무게를 부담스럽게 느끼는 일은 없다. 그것은 심장이 부단히 박동하기 때문에 혈구는 혈류를 따라 전신을 돌게 되어 적혈구 자체의 중량이 인체에 부담이 되지 않기 때문이다. 그러나 사람이 사망하면 심장박동이 정지되어 혈구는 정지된 그 혈액에 머물고, 그 자체의 무게로 인해 가라앉게 된다. 이러한 현상을 법의학에서는 혈액취하(血液就下, hypostasis)라는 말로 표현한다. 이러한 혈액취하가 피부에 나타나면 암적갈색을 띠는데 이러한 피부의 변색을 시반屍斑이라고 하며, 시골 노인네들 사이에서는 '얼룩'이라는 말로 통한다.

시반은 검시할 때 소홀히 해서는 안 되는 중요한 검사항목 중 하나다. 시반은 시체의 하방부(아래쪽)에만 생기고 상방부(위쪽)에는 절대로 생길 수 없다는 철칙이 있고, 또 비록 시체의 하방부라 할지라도 압박을 받은 부위에는 나타나지 않는다. 따라서 시반을 자세히 검사해보면 시

63

체가 죽었을 때 어떤 자세였는지 알 수 있다.

예를 들어 하늘을 보는 자세로 누워서 사망한 경우 시반은 잔등, 허리, 사지의 후면에 나타난다. 만일 이때 시체와 접촉되는 지면에 어떤 물체가 있다면, 예를 들어 조약돌이 많은 강가라면 암적갈색 시반에 조약돌 모양이 여기저기에 무늬처럼 나타날 것이다. 조약돌이 닿아서 압박을 받은 부위에는 혈구가 가라앉아 고일 수 없기 때문에 이런 형태가 나타나는 것이다.

법의학자는 이 시반을 보고 그 시체가 발견된 곳이 사망 장소인지, 사망한 뒤에 옮겨진 장소인지를 알아내기도 한다. 또 자살이냐 타살이냐를 판단할 때도 도움이 된다.

시반으로 살인사건의 단서를 잡고 해결한 예를 하나 소개한다.

조그마한 항구의 A다방에는 서울에서 미모의 K마담이 와서 일하기 시작하면서부터 손님이 많아졌다.

손님들의 대부분은 마담의 미모 때문에 일시적인 호기심을 갖고 모여드는 남자들이었다. 그러나 해군에서 갓 제대한 P는 K마담을 처음 보는 순간부터 일시적인 호기심이 아니라 열렬히 사랑하게 되었다.

K마담이 A다방에서 일을 시작한 지 3~4개월이 지났다. 그 사이에 뭇 사나이들의 유혹은 그칠 줄을 몰랐다. 그 가운데서도 W사장은 K마담의 눈길을 끄는 고객이었으며, 두 사람은 가까운 사이라는 소문이 자자했다.

이런 소문을 들은 P청년은 괴로웠다. K마담에 대한 사랑은 시간이 흐를수록 깊어만 갔지만, K마담은 이런 남자의 순정보다는 돈 많은 남자에게만 관심이 있었기 때문이다. P는 소문만이 아니라 W사장과 만나는 것을 여러 번 목격하기도 했다.

하루는 P의 열렬한 호소에 못 이겨 K마담은 다방 영업시간이 끝난 다음, 근처 해변으로 P를 만나러 나갔다. P는 K마담에게 지난날을 청산하고 자기와 결혼해줄 것을 간청했다. 그러나 K마담은 귀담아 들으려 하지 않았다. 자기의 진실된 사랑을 너무나 냉정하게 외면해버리는 K마담의 반응에 화가 난 P는 갑자기 K마담에게 달려들어 목을 졸랐다. 얼마 후 K마담은 새파랗게 질리며 입에서 거품을 내뿜었다.

자기도 모르는 사이에 저지른 행위에 겁을 먹은 P는 도망칠 수밖에 없었다. 집으로 돌아와 곰곰이 생각해보니, K마담이 자기와 만나는 것을 다방 사람들이 알고 있다는 사실이 생각났다. P는 K마담의 시체를 그대로 해변에 두어서는 안 될 것 같았다. 해변으로 다시 간 P는 K마담의 시체를 근처 솔밭으로 옮겼다. 그런 다음 그 근처에 있는 전깃줄을 끊어 K마담을 목매달아 자살한 것처럼 위장하고는 집으로 돌아갔다.

다음 날 경찰은 시체를 발견하고 수사를 시작했다.

검시를 맡은 J의사는 소나무의 높은 가지에 목매고 죽은 시체로 발견된 K마담의 시체에서 몇 가지 이상한 점을 발견했다. 우선 목매 죽은 시체에서는 시반이 시체의 하방부인 팔다리의 아래쪽, 그리고 하복부에 나타나야 한다. 그런데 K마담의 경우는 등쪽과 뒤쪽 허리에도 시반이 나타났다. 그 시반은 시체가 죽은 뒤 얼마 동안은 얼굴이 하늘을 보는 자세로 누워 있었으며, 그 뒤에 누군가가 목맨 모습으로 위장했다고 말하고 있었다. 그리고 목에서는 전깃줄에 의한 의흔縊痕 외에 몇 개의 반월상(半月狀, 반달 모양)의 표피 박탈을 확인했다. 반월상의 표피 박탈은 손톱에 의한 것으로 손으로 목을 졸라 살해하는 액사扼死 때 보이는 것이다. 그래서 J의사는 경찰에게 목의 상처와 시반으로 볼 때, 누군가가 목을 눌러 죽인 뒤 자살로 위장하기 위해서 목을 매달아놓은 살인사건이라고 설명해주었다.

탐문조사를 해보니, 그 전날 K마담은 P를 만나러 나간 뒤에 죽은 것이 분명했다. 그러나 P가 범인이라고 단정할 만한 물증이 없었다. 그래서 수사관이 나를 방문했던 것이다.

나는 P청년의 손톱 밑의 때를 채취해 혈흔검사를 해보자고 제안했다. P가 범인이라면 목을 조를 때 손톱 밑에 K마담의 표피가 끼어들었을 것이기 때문이다. 수사관은 P의 손톱에 낀 때를 채취해왔고, 검사해본 결과 혈흔 양성반응이 나타났다. 다시 그 혈액형을 검사해보니, 피해자인 K마담의 혈액형과 일치했다.

결국 P는 이런 물증 앞에서 순순히 모든 것을 털어놓을 수밖에 없었고, 체포되기에 이르렀다.

액사의 경우에는 대개 목을 누른 범인의 손톱에 의해 반월상의 표피 박탈이 생긴다. 오른손잡이가 범인이라면 오른쪽에 하나, 왼쪽에 2~4개가 생기고 왼손잡이라면 왼쪽에 하나, 오른쪽에 2~4개가 생긴다. 그러나 강간치사의 경우에는 범인이 가슴과 배 위에 올라앉아 목을 누르기 때문에 그런 흔적들이 생기지 않을 정도로 작은 힘으로도 질식사하기도 한다. 이런 경우에는 그 흔적이 잘 드러나지 않는다. 또 강간치사 후에 시체를 물속에 던져넣었을 경우에도 물 때문에 조직이 부풀어 올라 그 흔적을 찾기 쉽지 않다. 그래서 경험이 적은 의사인 경우에는 발견하지 못하는 일이 허다하다.

소사와 독살

화재를 둘러싼 범죄는 감정하기가 어렵다. 모든 증거가 불타버리기 때문이다. 사람의 경우 화재 현장에서 불길에 싸여 죽는 것을 소사燒死라고 하는데, '불에 타 죽었다'는 뜻이다. 그러나 실제로는 그리 간단하지 않다. 우선 불길이 몸에 닿으면 그 열 때문에 몸에 화상을 입는다. 그리고 불은 많은 것들을 태우면서 산소를 소모해버린다. 그래서 화재 현장에 있는 사람을 질식하게 만든다. 또 불은 가구나 집기, 카펫, 커튼 등을 태우면서 유독가스를 만들어낸다. 소사는 이처럼 화상, 질식, 중독이라는 세 가지 인자가 복합적으로 작용한 결과다. 그러므로 소사의 경우, 이 세 가지 요인을 잘 검토해보고 어떤 요인이 주로 작용하여 죽음에 이르게 되었는지를 판단해야 한다.

P씨는 45세의 중년으로, 중소도시에서 전당포를 경영하며 남부럽지

않게 살아가는 자수성가한 사람이었다. 그런데 부인과의 사이에 딸만 셋을 두었다. 그래서 자나 깨나 소원은 아들 하나를 얻는 것이었다. 부인도 아들을 낳기 위해 온갖 방법을 다 동원하고 약도 써보았지만 네 번째도 딸을 낳았다. 부인은 남편에게 죄스러운 마음으로 씨받이 처녀를 구해 아들 낳기를 권했다. 현대에도 이런 경우가 전혀 없는 것은 아니지만, 당시에는 아들을 꼭 낳아야 한다는 강박관념이 오늘날보다 훨씬 강했다. 그리고 아들이 없는 경우, 부인의 잘못으로 여겼다. P씨는 부인을 생각할 때 그럴 수 없다고 했지만 가문의 대를 끊을 수 없다며 일가문중에서 권유와 협박을 했고, 마침내 P씨는 시골 처녀를 씨받이로 맞이하게 되었다.

P씨는 그때부터 바깥일이 끝나면 씨받이 처녀가 있는 둘째 부인의 집으로 갔다. 이런 생활이 처음에는 좀 서먹했지만, 시간이 흐르면서 익숙해졌다. 그러는 동안 둘째 부인이 임신을 했고, 아들을 낳았다. 둘째 부인은 아들을 낳은 뒤 P씨만이 아니라 일가문중의 환대를 받게 되었다. 그러나 아들을 낳고 나서부터는 본부인과 사이가 점점 벌어졌다. P씨는 아들에게만 애정을 쏟았다. 아들을 키우고 있는 둘째 부인의 집만 양식으로 바꾸고 가구나 집기를 현대식으로 바꾸는 데 돈을 아끼지 않았다.

그 아들이 다섯 살이 되었을 때였다. 둘째 부인이 아들을 잠재우고 시장에 간 사이에 집에 불이 났고, 아들은 소사했다. P와 둘째 부인에게는 청천벽력이었고, 이들은 말로 표현할 수 없는 슬픔에 빠졌다. 그런데 동네에 근거를 알 수 없는 소문이 돌기 시작했다. 본부인이 아들을 낳은 둘째 부인을 질투한 나머지 아이를 독살하고 그것을 감추기 위해 불을 질렀다는 것이었다.

소문도 문제였지만 어쨌든 아이가 변사했으니 화재의 원인과 함께 사인을 좀 더 적극적으로 수사하지 않을 수 없었다. 그래서 그 지역의 경찰 공의에게 부검을 의뢰했다. 부검을 맡은 공의는 독살 여부를 확인하기 위해 죽은 아이의 혈액을 채취해서 독물검사를 의뢰했다. 검사 결과 청산염이 검출되었다는 통보를 받았다. 수사관들은 소문대로, 본부인이 아이를 독살한 뒤 이를 은폐할 목적으로 방화한 것이 아닌지 수사했다.

그러나 수사 결과, 본부인은 화재가 일어날 당시에 집에서 일하고 있었다는 알리바이가 너무나 명백했다.

수사가 이렇게 벽에 부딪치자 수사를 지휘하던 K검사가 나를 찾아와 자문을 구했다. 사건 내용을 설명한 다음, 부검 감정서와 현장사진, 독물검사 통보서와 사건 기록 등을 보여주었다. 부검 감정서를 검토해보았다. 아이가 소사했다는 것은 명백해 보였다. 아이의 기도에 매연이 뚜렷이 부착되어 있었다. 기도에 매연 자국이 분명하다면 살아 있을 때 불이 났다는 뜻이다. 청산으로 독살한 뒤에 불을 질렀다면 기도에 매연이 부착될 수가 없다. 그러면 독물검사 결과 나타난 청산염 검출은 어떻게 설명할 것인가?

나는 우선 아이의 위 내용물에 대한 독물검사를 했는지 물었다. 하지 않았다고 했다. 위 내용물이 거의 없었기 때문에 혈액검사만 했다는 것이었다. 나는 위에서 청산염이 검출되는지 검사해보라고 했다. 만일 독살되었다면 위에서 청산염이 검출되어야만 한다. 그런데 위에서는 청산염이 검출되지 않았다. 그렇다면 아이가 독살되었다고 볼 수 없고 소

222

사된 것이다.

화재 현장에 있던 물건, 특히 합성수지로 만든 카펫이나 커튼 등이 탈 때는 각종 유독가스를 낸다. 이때 청산가스도 발생되는데 소사되는 경우, 화재 속에서 유독가스를 흡입하게 된다. 그래서 혈액검사를 하면 청산염이 검출될 수도 있는 것이다. 만일 집을 현대식으로 바꾸지 않은 상태였다면 청산가스가 나오지 않았을 것이다. 말하자면 나무나 종이, 목면 따위가 탈 때는 청산가스가 나오지 않는다. 그러나 합성수지를 많이 써서 만들어진 집기나 가구들은 화재가 나면 청산가스를 많이 발생시킨다.

플랑크톤의 가치

익사란 기도 내에 공기 대신 액체가 들어가 질식되어 죽는 것을 가리킨다. 표류한 시체가 발견되면 맨 먼저 익사한 것인지, 아니면 살해된 뒤에 물에 던져진 것인지를 판단해야 한다. 이때 시체가 신선하다면 부검을 해도 비교적 정확하게 알 수 있지만, 오랫동안 물속에 있었던 경우라면 부검만으로 익사를 판단하기는 어렵다. 그래서 예로부터 익사를 진단하는 방법에 대한 연구가 많았다. 오늘날에는 시체 장기에서 플랑크톤을 확인하는 방법을 쓴다.

지구상의 물에는 어디에나 플랑크톤이라는 단세포 생물이 살고 있다. 수돗물에도 있고, 증류를 해도 잘 없어지지 않는다. 세 번을 거푸 증류해야 비로소 검출되지 않을 정도다. 그래서 표류한 시체의 장기에서 플랑크톤이 검출되면 익사한 것으로 본다. 호흡기를 통해 물이 들어가 폐를 거쳐 혈액 속으로 들어간다면 혈류를 타고 전신의 각 장기로 퍼져

나가기 때문이다. 그런데 살해된 뒤에 물에 던져졌다고 해도 수압 때문에 폐와 위장에 물이 들어가기도 한다. 그래서 폐와 위장을 제외한 다른 장기, 말하자면 혈액, 간, 비脾, 신腎, 골수 등에서 플랑크톤이 검출되어야 확실하게 익사라고 진단할 수 있다.

또 플랑크톤은 같은 강이라고 해도 강물의 위치에 따라, 그리고 계절에 따라 그 종류와 숫자가 다르다. 그러므로 표류한 시체의 장기에서 어떤 종류의 플랑크톤이 얼마나 많이 검출되느냐에 따라 물에 빠진 위치를 알아낼 수 있다.

한번은 술에 만취한 두 사람이 개울을 지나다가 발을 잘못 디뎌 빠져 죽은 사건이 발생했다. 한 사람은 실족한 바로 그 장소에서, 다른 한 사람은 실족한 장소에서 10미터 떨어진 곳에서 익사체로 발견되었다. 그런데 두 사람의 장기를 적출해서 플랑크톤의 종류와 숫자를 확인해보았더니, 그 종류와 숫자가 많이 달랐다. 말하자면 한 사람은 대조수(비교를 위해 실족한 위치에서 채취한 개울물)와 같은 종류의 플랑크톤이 있음을 확인할 수 있었는데, 다른 한 사람에게서는 다른 종류의 플랑크톤이 많이 검출되었다.

이런 검사 결과는 목격자의 진술이 거짓이거나 그렇지 않으면, 같은 장소에서 물에 빠졌다고 해도 장기에서 검출되는 플랑크톤의 종류가 다를 수 있다는 뜻이다.

실험을 해보았다. 수영선수 몇 명을 체중별로 나누어 각각 다른 높이에서 물속에 빠지게 했다. 그랬더니 체중(40~80킬로그램)이나 자세, 또 떨어진 높이와 상관없이 수면에서 355센티미터보다 더 아래로는 내려가지 않았다. 그렇다면 익사하는 과정에서 마실 수 있는 물의 범위는 수면에서부터 물속 350센티미터가 된다.

그런데 플랑크톤의 종류나 숫자가 수면층과 중간층에서는 별 차이를 보이지 않지만, 수저층의 경우는 그 종류나 숫자가 수면층에 비해 세 배나 된다. 그러므로 수심이 350센티미터가 넘는 경우와 수심 350센티미터 이내인 경우는 다르게 취급해야 한다. 수심 350센티미터 이내의 경우라면 신체 일부가 수저층에 닿을 수 있고, 이때 수저층의 플랑크톤이 떠올라 수면층과 중간층에 없는 플랑크톤을 마실 수 있기 때문이다. 따라서 수심이 350센티미터 이내인 강물에 빠진 익사체의 입수 장소를 정확히 가려내어야 할 경우에는 대조수를 수면이나 중간층에서만 채취할 것이 아니라, 수저층에서도 채취해야 올바른 판단을 할 수 있다.

또 플랑크톤 가운데 규조류라는 것이 있는데 이 규조류는 잘 부패되지 않고, 특히 산(酸)에 강하기 때문에 백골화된 시체에서 검출되기도 한다. 익사 당시에 호흡하는 과정에서 폐순환계로 들어간 물이 심장을 통해 대순환계로 이행되면 전신의 각 장기에 퍼지고, 이는 골수나 치아에까지 분포된다. 그래서 매장된 뒤 10년이 넘었거나 화장하고 남은 백골의 경우라고 해도 플랑크톤 검사를 통해 익사 여부를 확인할 수 있다.

공의의 판단이 옳았다

오래 전의 일이다. 지방의 경찰 공의로 근무하고 있는 K의사가 부검 감정서를 들고 나를 찾아왔다. 부검 결과 때문에 시비가 벌어졌는데, 혹시 잘못된 것이 있으면 지적해달라는 것이었다.

사건의 내용은 이랬다. 27세 된 P청년이 술에 취해 길을 걷고 있었다. 걷고 있던 도로는 차량 통행이 잦지 않은 시골길인 데다가 노면이 좋지 않았고, 비가 와서 미끄러운 상태였다. 그때 P청년과 같은 방향으로 두 대의 차가 지나고 있었다. 뒤에는 코로나 승용차가, 그 앞에는 대형 화물차가 달려오고 있었다. 뒤에 따라오던 코로나는 화물차에게 추월하게 해달라고 신호를 보냈다. 화물차는 옆으로 비켜주었고, 코로나는 추월해서 가버렸다.

화물차 운전기사인 K는 군에서 갓 제대했는데, 운전 실력이 그리 좋은 편은 아니었다. 그런데 화물차가 급커브에 이르렀을 때 어두웠지만 사람이 쓰러져 있는 것을 발견하고는 급정거했다. 그러나 쓰러져 있던 사람을 그만 치고 말았다. K씨는 급히 차에서 내려 치인 사람을 살펴보았는데 얼굴을 비롯한 신체의 반쯤이 땅을 향한 자세로 화물차 앞바퀴에 들어가 있었다. 얼른 차를 뒤로 뺀 다음 차에 치인 사람을 싣고는 근처 병원으로 갔다. 그러나 병원에 도착했을 때 P청년은 이미 죽어 있었다.

K는 술에 취해 쓰러져 있는 청년을 역과(밟고 넘어감)해 사망케 했다는 혐의로 입건되었고, 시체는 부검을 했다. 그런데 부검 결과, P청년은 다른 차에 의해 먼저 치어 죽은 상태였다는 것이 밝혀졌다. P청년은 작은 승용차에 의해 치여 쓰러진 뒤에 다시 화물차가 역과했던 것이다. 부검 결과를 들은 K는 자기 차를 추월해간 코로나가 이 청년을 치었을 가능성이 크다고 생각하고는 기억하고 있던 코로나 승용차의 번호를 경찰에 알렸다. K가 그 차의 번호를 기억할 수 있었던 것은 어둠 속에서 심하게 과속한다고 여겨 유심히 보았기 때문이다. 경찰이 문제의 코로나를 수배해서 검거한 뒤 차체를 검사해보았다. 라이트를 둘러싼 쇠붙이에서, 그리고 타이어에서 혈흔을 발견할 수 있었다. 그러나 혈흔의 재료가 너무 적어서 사람의 피인지, 동물의 피인지 구별할 수 없었다.

코로나 승용차의 운전자는 그 혈흔은 며칠 전 시골에 갔다가 개를 쳤는데, 그때 개의 피가 묻은 것이 틀림없다고 주장했다. 그러면서 자신은 P청년을 친 적이 없다고 강하게 주장했다. 또 부검한 경찰 공의를 찾아와 감정을 똑바로 하라며 고함을 지르고 협박까지 했다. 그래서 그 경찰 공의는 자기의 감정에 혹시 잘못이 없는지 확인을 받고 싶어서 나를 찾아온 것이었다.

감정서를 보았더니 사망한 P청년의 왼쪽 정강이 뒤쪽에 찰과상과 피하 출혈이 있고, 목뼈에 골절이 있었다. 또 왼쪽 정강이 앞쪽에 열창(찢어진 상처)이 있으며 골절 상단이 노출되어 있고, 좌우 늑골들의 복잡골절, 좌우 폐·간·비 및 신 등의 파열을 보았다고 쓰여 있었다.

그리고 공의의 주장은 이랬다. 정강이 부분의 손상은 자동차의 범퍼에 닿아서 생긴 1차 충돌 손상으로 생각되는데, 만일 화물차의 범퍼에 의해 1차 충돌 손상을 받았다면 정강이 부분이 아니라 허벅지 윗부분 또는 허리 부분에 손상이 있어야 한다. 또 화물차가 얼굴이 땅을 향한 자세로 쓰러져 있는 P청년을 완전히 역과한 것이 아니라, 좌측으로부터 신체의 반 정도를 밀고 갔다가 다시 뒤로 차를 뺐다는 이야기로 미루어볼 때 좌우 늑골, 좌우 폐, 특히 간의 손상은 그런 정황과 맞지 않는다. 그러므로 소형차가 P청년의 정강이 부분을 치고 쓰러진 사람 위를 그대로 역과해서 지나가버린 것 같다는 의견이었다.

지방의 공의가 자동차 사고 시의 손상에 대해 이렇게 대단히 많이 알고 있다는 데 놀라지 않을 수 없었다. 저자는 감정서와 감정의의 설명을 듣고 나서, 공의가 전적으로 올바른 감정을 했다는 찬사를 아끼지 않았다. 그러자 공의는 자기의 감정에 보충할 내용은 없는지 물어왔다. 저자는 서슴지 않고 다음과 같은 것을 보충 설명해주었다.

우선 개를 치었다면 개의 높이로 보아 라이트에 혈흔이 묻을 수 없고, 높아야 범퍼 정도까지일 것이다. 또 시체 정강이의 손상은 범퍼 손상임에 틀림없다. 왜냐하면 범퍼 손상 때의 충격은 차의 주행 방향과 같은 방향으로 작용하는데, 충돌된 반대편의 피부에까지 그 힘이 이동하면 개방성 손상을 야기하기 때문이다. 그런데 P청년의 정강이 뒷부분에는 표피 박탈과 피하 출혈이 있고, 앞부분에는 열창을 동반한 목뼈의 골절이 있었다니, 이는 적어도 시속 100킬로미터 이상의 속도로 달리는 차량에 의해서만 야기될 수 있는 것이다. 즉 자동차가 정강이의 후면을 충격하는 경우, 시속 100킬로미터 이하라면 절대로 정강이뼈의 골절이 일어나지 않을 것이며, 목뼈의 골절이 있는 것으로 보아 적어도 100킬로미터 이상의 속도로 달리는 차량에 치인 것이다.

이런 경우 피해자는 차의 라이트, 보닛 또는 전면 유리 등에 의해 2차 충돌로 인한 손상을 받게 되고, 신체는 차의 앞쪽으로 날아가 지면에 떨어지게 되며, 과속으로 달리던 차는 정지할 수가 없어 결국 역과하게 되면서 일련의 손상을 입게 되는 것이다. 따라서 역과한 차의 타이어 자국이 옷에 남는 수가 있으며, 그런 경우 표면보다도 안쪽 면에 더 선명하게 남는 수가 있으니 혹시 수사 당국에 피해자의 옷을 보관해둔 것이 있으면 잘 검사해보라고 일러주었다.

며칠 뒤 시골로 내려간 공의에게서 전화가 걸려왔다. 죽은 P청년의 상의가 융으로 된 옷인데, 안쪽 면에 타이어 자국이 선명하게 남아 있어 코로나 승용차의 타이어와 동일한 것인지 감정을 의뢰했다는 것이었다. 그러고 다시 1주일 뒤에 그 타이어 자국이 바로 코로나의 것이라는 감정 결과가 나왔다고 알려주었다.

2장

성범죄 사건

누구에게도 밝힐 수 없는 집안일

40세 전후로 보이는 중년의 한 남자가 아무런 예고도 없이 찾아왔다. 이 남자는 시골에서 농사를 짓고 있는 K라고 자신을 소개하면서, 내게 상의할 일이 있어 왔다고 했다. 무슨 일이냐고 물었더니, 누구에게도 말할 수 없어서 고민만 하다가 나에 대해 이야기를 듣고 찾아왔다는 것이었다. '누구에게도 말할 수 없는 일'이라고 하기에 짚이는 데가 있어서 '집안일'이냐고 물었다. K씨는 순간 눈이 반짝였다. 그러나 다시 어두운 눈빛으로 바뀌면서 힘없이 입을 열었다.

"제 가족은 마누라가 있고 아들 셋이 있습니다. 그리고… 동생 둘이 함께 살고 있습니다."

여기까지 말하고는 더 이상 입을 열지 못했다. 나는 조금 기다렸다가 물었다.

"그래서 말 못할 고민이라는 게 뭡니까?"

K씨는 그래도 한참을 머뭇거리다가 한숨을 쉬고는 말했다.

"동생 두 놈이 지 형수랑 놀아났지 뭡니까…."

일단 말문을 열자 터진 둑의 물처럼 이야기를 쏟아냈다.

K씨 삼형제는 부모와 사별하고 10년 동안 악전고투한 끝에 겨우 자급자족할 정도의 농토를 마련했다. 그때 K씨의 나이가 27세, 가운데 동생인 B의 나이가 23세, 막내 S의 나이가 20세였다고 한다. 결혼할 나이가 되었던 것이다. 삼형제는 당연한 일이지만, 큰형부터 장가를 들기로 의견을 모았다. 그래서 지금의 형수를 맞이하게 되었다.

더벅머리 총각들만 살고 있던 집에 여자가 들어오자 집 안의 모든 것이 달라졌다. 집이 정돈되고 깨끗해졌으며, 따뜻하고 안락한 분위기로 바뀌었다. 그런데 문제는 집이 좁은 데 있었다. 비록 방이 다르다고는 하지만 큰형과 형수가 기거하는 방이 붙어 있었으니, 두 동생은 밤 시간이 고역이었다. 성적으로 쉬 흥분하고 자극받기 쉬운 한창 때인데, 밤마다 옆방에서 들려오는 신혼부부의 거친 숨소리를 들어야 했던 것이다.

하루는 K씨가 비료를 구하기 위해 읍에 나갔고, 두 동생은 평소와 다름없이 밭에 나갔다. 그런데 동생 B가 볼일이 생겨 집으로 갔다. 볼일을 다 보고 나가려는데 집안이 하도 조용해서 형수를 찾았다. 형의 방을 들여다보았더니 형수가 곤히 잠들어 있었다. 그런데 형수의 젖가슴과 허벅지가 다 보였던 것이다. 순간 그만 성적인 충동을 참지 못하고 형수에게 덤벼들었다. 형수는 자기 남편인 줄 알고 받아들였는데, 시동생인 줄 알게 된 것은 성행위가 이미 시작된 뒤였다고 한다.

밭에서 일하고 있던 막내는 둘째 형이 돌아오지 않자 이상하게 생각하고 집으로 가보았다. 그런데 마침 형수와 둘째 형 사이에 벌어지고 있는 장면을 목격하게 되었다. 막내는 아연실색했다. 숨어서 지켜보니 처음에는 형수가 반항하는 것 같았지만, 곧 받아들이는 듯했다. 이런 사실을 알게 된 막내는 딴마음을 먹었다. 큰형에게 이르거나 둘째 형에게 충고를 해서 관계를 잘 정리하지 않은 것이다. 오히려 큰형에게 밝히겠다고 형수를 협박했다. 형수는 어쩔 수 없이 막내에게도 몸을 허락하고 말았다. 이렇게 시작된 관계는 몇 년이나 지속되었지만, K씨는 전혀 눈치를 채지 못했다.

그러나 꼬리가 길면 밟히고 마는 법. 하루는 밭에 나갔다가 잠깐 집에 들렀는데, 그만 부인과 막내의 섹스 장면을 보고 말았다. K씨는 두 사람을 추궁한 끝에 그동안 이 집에서 무슨 일이 벌어지고 있었는지 알게 되었다.

물론 큰형으로서, 또한 남자로서 엄청난 배신감과 분노와 질투심이 끓어올랐을 것이다. 그러나 K씨는 비교적 담담하게 이야기를 풀어나갔다. 그리고 나에게 세 아들이 누구의 자식인지 알고 싶다고 했다. 또 아들들이 자기 자식이 아닌 경우에 어떻게 해야 좋을지를 물었다.

나도 어떻게 해야 좋을지 금방 떠오르지 않았다. 이제 와서 세 아들을 친자감별해서 누구의 자식인지 밝힌다고 해도 좋을 일은 하나도 없어 보였다. 내가 보기에는 두 동생을 분가시키고 아무 일도 없었다는 듯이 살아가는 것이 최선이 아닌가 싶었다. 그래서 독일 격언을 들먹이며 설득해보았다. 부인이 남편에게 "이 아이는 당신의 자식입니다"라고 할 때 현명한 사람은 그대로 믿고, 바보는 의심한다는 내용이었다.

그러나 K씨는 검사를 꼭 해봐야겠다고 고집했다. 그래서 결국 K씨 삼형제와 부인, 그리고 아들 삼형제를 대상으로 친생자 감별검사를 실시하게 되었다.

혈액·타액·지문·미맹味盲 및 귀지를 검사했는데 다른 소견은 제쳐놓고라도 혈액형, 그것도 적혈구의 혈액형만으로도 어떤 아이가 누구의 자식인지 분명히 알 수 있었다. 부인의 혈액형이 O형이고, 삼형제의 혈액형이 다 달랐기 때문이다. 결과를 요약하면 아래의 표와 같다. 세 아들 중 장남은 둘째인 B의 자식이며, 차남은 막내 S의 자식이고, 삼남은 큰형인 K씨의 자식임이 분명했다.

이런 결과를 보면서 마음이 무거웠다. 과학적으로 밝혀진 진실이 무엇이든 상관없이, 아무 죄 없는 세 아이가 겪을지도 모를 불행한 사태가 걱정되었기 때문이다. 또 과학자로서 냉정하게 검사 결과에 대한 책임을 지는 것으로 직무를 다했다고 생각해야 할지, K씨를 설득해 한 가정이 파탄 나는 것을 막으려고 애써 보아야 할지 고민스러웠다. 아직 마음의 갈피를 잡지 못한 상태에서 K씨와 약속한 날이 다가왔다. 일단 K씨에게 검사 결과를 설명해주고 감정서를 건네주면서 K씨의 반응을 살폈다. 뜻밖에 K씨는 예상했던 대로라는 듯 담담하게 받아들였다. 그 분위기에 힘입어 내가 말했다.

"K씨! 당신네 삼형제는 같은 부모에게서 태어난 한 핏줄이오. 비록 태어난 자식 중 둘은 당신 자식이 아니지만, 당신과 같은 핏줄인 것은 분명합니다. 다른 사람의 핏줄을 모르거나 알고도 자식으로 거두는 사람들도 많고, 또 동생의 자식을 아들로 삼고 키우는 사람들도 많다는 것을 당신도 잘 알 거요. 이 경우는 그래도 모두 당신과 같은 핏줄 아니오. 이제 와서 이런 사실을 낱낱이 밝혀 평지풍파를 일으켜서 좋을 일이 뭐가 있겠소. 모두에게 좋은 판단을 내려야 합니다." 이렇게 시작된 이야기가 한나절 동안 이어졌다. 그리고 마침내 K씨는 감정서를 자기 손으로 찢어버리고는, "선생님 말씀을 따르겠습니다. 고맙습니다"라고 말하고는 사무실을 나갔다.

천생연분이 부른 비극

천생연분이란 하늘이 미리 정해준 인연이라는 뜻으로, 주로 잘 어울리는 남녀 관계를 묘사하는 말이다. 이 말에는 숙명적인 만남이라는 느낌까지 담겨 있다. 그래서 정상과 정상의 만남보다는 이상異常과 이상의 만남이 절묘한 짝을 이룰 때 쓰는 것이 더욱 적절하지 않을까 싶다.

사디즘(sadism, 가학증)이란 이성을 학대함으로써 성적인 만족을 느끼는 일종의 변태성욕이다. 누구에게나 어느 정도의 가학적인 성향은 있지만, 대개의 경우 교육과 훈련을 통해 억제된다. 그러나 성욕이 심하게 감퇴되었거나 정상적인 섹스로 쾌감을 얻지 못할 때, 사디즘이 행동으로 옮겨지기도 한다. 가벼운 경우에는 상상만으로도 사디즘적인 성욕을 채울 수 있다. 이성에게 심하게 짓궂은 농담을 하면서 성적인 만족을 느끼는 것도 사디즘의 일종이다. 좀 더 발전하면 이성이 창피함을 느끼게 만들거나 심하게 당황하게 만들고는 쾌감을 느낀다. 예를 들면 이성의 의복에 오물이나 정액 또는 분뇨 등을 칠하고는 이성이 창피스러워하거나 당황하는 것을 보고 성적인 만족을 느끼는 것이다.

더 심해지면 이성에게 고통을 주고, 그 고통으로 인한 비명 소리를 듣거나 몸부림치는 것을 보면서 성적인 만족을 느끼게 되는데, 극단적인 경우는 이성을 살해함으로써 오르가슴에 이르기도 한다. 그런 경우를 음락살인淫樂殺人이라 한다.

이것과 반대되는 것이 마조히즘(masochism, 피학증)이다. 마조히즘은 이성으로부터 받는 학대를 통해 정신적 또는 육체적 고통을 느끼고, 그 과정에서 성적인 쾌감을 얻는 경우다. 역시 누구에게나 어느 정도의 피학적인 경향이 있다. 그러니 사디스트인 남자와 마조히스트인 여자가 만나면 천생연분이라 할 수 있다. 그렇지만 여자가 사디스트고 남자가 마조히스트라면 천생연분이 되지 않을 수도 있다. 아무래도 여자의 가학성이 약할 수 있어서 피학적인 남자를 만족시키기 힘들기 때문이다. 그래서 마조히스트인 남자는 자기가 자기를 학대함으로써 성적인 쾌감을 느끼기도 하는데, 이런 경우는 자학증이라고 한다. 영국에는 이런 자학증을 가진 남자들을 위한 공창제도가 있고, 그곳에는 지독한 사디스트 여자들이 있는데, 그 여자들을 인스트럭터instructor라고 부른다. 인스트럭터는 가죽으로 만든 채찍을 가지고 마조히스트인 남자 손님을 사정없이 후려갈긴다고 한다. 이렇게 채찍질을 당하기 위해서 마조히스트인 남자들이 돈을 내고 모여든다고 하니 참 별난 세상도 다 있다는 생각이 든다.

사디스트인 남자와 정상적인 여자가 만나면 결혼 생활이 지속되기 어렵다. 사디스트인 남자는 여자를 꼬집거나 물기도 하고 때리기도 하는데, 여자의 몸에는 멍든 자국과 잇자국이 가실 날이 없다. 그런 경우에 특히 유방, 가슴, 목덜미, 얼굴 등에 보기 끔찍할 정도로 많은 잇자국들을 볼 수 있는데, 이것이 고통스러운 여자라면 참을 수 없을 것이고 마침내 떠날 수밖에 없을 것이다.

그런데 사디스트인 남자와 마조히스트인 여자가 만나면 사정이 다르다. 한쪽은 고통을 줌으로써 성적인 만족을 얻고, 한쪽은 고통을 받음으로써 쾌감을 느끼기 때문이다. 남자가 가해할 때마다 여자가 더 해달라고 하니, 두 사람 모두 성적인 만족을 극대화할 수 있다. 그러니 천생연분이 아닐 수 없다.

R은 50대 남자로 심한 사디스트였다. 정상적인 부인과 결혼을 했으니 오래갈 리 없었다. 부인이 떠난 뒤 적당한 상대를 찾는 것이 쉽지 않았고, 오랫동안 독신으로 지낼 수밖에 없었다. 그런데 우연히 모 다방의 마담인 30대 K여인을 알게 되었는데, 그녀는 심한 마조히스트였다. 두 사람의 만남은 황홀함 그 자체였을 것이다. 재미있는 것은 두 사람의 외형과 그들의 역할이었다. R은 체격도 그리 크지 않았고 성격도 조용하고 말이 많지 않았다. 겉모습만으로는 사디스트라는 느낌을 전혀 받을 수 없었다. 그런데 K여인은 눈도 크고 입도 큰, 한눈에도 여장부 같은 모습을 하고 있었다. 그러나 성적인 취향으로 볼 때 그들은 더없는 천생연분이었다. 그리하여 그들은 행복한 가정을 꾸리고 몇 년을 함께 살았다.

그런데 K여인에게 사디스트인 새 남자가 생겼다. S라는 이 40대 남자는 사막에서 오아시스를 만난 것처럼 열정적으로 다가갔고, K여인은 이제야 진정으로 만족스러운 상대를 만났다고 생각하게 되었다. K의 행동이 이상해진 것을 눈치챈 R은 K여인을 닦달한 끝에 S의 존재를 알게 되었다. R은 S에게 만나자고 해서는 자신과 K는 천생연분이니 조용히 물러나 달라고 부탁했다. 그러나 S는 거꾸로 자신과 K가 천생연분이니 R이 물러나야 한다며 설득하려 했다. 결국 두 사람은 K여인에게 선택을 맡기기로 했다. 그랬더니 K여인은 서슴지 않고 S를 선택했다. R은 물러나지 않을 수 없었다.

그러던 어느 날, R은 K여인을 잊지 못하고 그 집으로 찾아갔다. 마침 집 안에서는 S와 K여인의 섹스가 한창이었다. R은 K여인이 지르는 쾌락의 비명 소리를 듣는 순간, 피가 머리끝까지 솟구쳐 흥분하고 말았다. 그의 손에는 어느덧 칼이 들려 있었고, 자기도 모르는 사이에 방 안으로 뛰어들어 S의 등에 칼을 꽂았다.

이 사건은 당연히 언론에 보도되었다. 하지만 그 속사정까지는 알려진 바가 없다. 사람들은 그저 50대의 남자가 애인 때문에 칼부림을 했다며 혀를 찼다.

야반도주한 이상성욕자

남편과 사별한 중년 부인이 두 딸을 데리고 하숙을 치며 살아가는 집에서 일어난 일이다. 새 학기가 시작되어 하숙생 셋이 새로 들어왔다. 그때부터 이상한 일이 벌어졌다. 딸의 내의를 세탁해서 널었다가 걷어 보면 이상한 것이 묻어 있곤 했다. 이를 처음 발견한 것은 대학교 3학년인 큰딸이었다. 세탁해서 말린 팬티를 입으려다가 이상한 것이 묻어 있는 것을 보았다. 풀기가 말라붙은 것처럼 보였는데, 지도 모양을 하고 있었다.

"엄마, 팬티를 제대로 빨지 않았나 봐요. 이상한 게 묻어 있잖아요."

팬티를 받아서 본 부인은 무슨 말을 해야 할지 몰라 당황했다. 그런데 옆에서 보고 있던 작은딸이 자기도 그런 것을 본 적이 있다며 말했다.

"저도 지난번에 팬티를 갈아입는데 그런 게 묻어 있었어요. 이상하다고 생각했지만, 분명히 빨았던 거라 그냥 입었어요. 엄마, 그게 뭐예요?"

부인은 아무 말 없이 잠깐 생각하다가 그 팬티를 뺏어 들고는 하숙생들이 묵는 방으로 갔다. 그러나 막상 방 앞에 도착해서는 학생들을 불러내지 못하고, 한참 서 있다가 돌아와서는 딸들에게 말했다.

"다음부터는 이런 게 묻어 있으면 그대로 입지 말고 곧바로 엄마에게 말해야 해!"

그날 밤 부인은 이 문제를 어떻게 해결할까 고민하면서 잠을 이루지 못했다. 다음 날 아침, 부인은 하숙생들을 불러 모아놓고 상황을 설명하면서 다시는 이런 일이 생기지 않도록 해달라고 부탁했다. 한편으로 부인은 딸들의 속내의는 방 안에 널어서 말렸다. 그런 뒤로는 아무 일도 생기지 않았고, 몇 달이 지나갔다.

그런데 이번에는 부인의 속옷을 빨아 널어놓은 것에서 그와 같은 흔적이 발견되었다. 머리끝까지 화가 난 부인은 하숙생들을 몰아쳤다. 그러자 하숙생들은 결백을 주장하며 조사해서 진범을 색출하자는 말까지 나왔다. 그래서 부인은 그 팬티를 들고, 하숙생 세 명과 함께 나를 찾아온 것이었다.

부인은 신문지에 싸서 가지고 온 팬티 두 장을 보이면서 내게 물었다.

"선생님! 이 팬티에 묻은 것으로 누구 짓인지 가려낼 수 있나요?"

"세 사람의 혈액형이 다르면 쉽게 가려낼 수 있습니다."

그러자 하숙생들이 제각각 자기 혈액형에 대해 말했다.

"저는 B형입니다."

"저는 O형입니다."

나는 손을 휘저으며 말했다.

"그런 것은 믿지 않습니다. 직접 검사해야 합니다. 그러니 여러분의 혈액과 타액을 채취해야겠습니다. 다들 찬성합니까?"

모두가 자신은 결백하다는 듯 큰 소리로 일제히 "예"라고 대답했고, 혈액과 타액을 채취한 다음 돌려보냈다.

팬티에 묻어 있는 것은 분명히 정액이 말라붙은 것이었다. 정액과 같은 체액으로는 쉽게 혈액형을 알아낼 수 있다. 검사 결과는 B형이었다. 그리고 하숙생 세 사람에게서 채취한 혈액과 타액으로 혈액형을 검사해보았더니 B형은 한 사람뿐이었다. 그는 Y라는 하숙생이었다.

다음 날 부인과 함께 나를 찾아온 하숙생은 두 명이었다. 나는 그들에게 검사 결과를 알려주었다.

"팬티에 묻은 것은 분명히 정액이며, 그 혈액형은 B형입니다. 그리고 세 학생 중에 B형은 Y입니다."

그랬더니 부인이 기다렸다는 듯이 말을 이어받았다.

"Y, 그놈의 짓이 틀림없습니다. 자고 일어나보니. 그놈이 안 보였어요. 야반도주를 한 겁니다. 그놈이 범인일 거라고 생각했어요."

그러자 이번에는 K와 M이라는 학생이 물었다.

"선생님, 왜 그랬을까요?"

사람들 가운데는 이상성욕 때문에 이성의 신체 일부나 착용물을 대상으로 성적인 욕구를 해결하는 음물증이라는 것이 있다. 이들은 이성의 착용물 즉, 내의나 브래지어, 양말, 손수건, 구두 등을 수집하고 때로는 세탁한 것을 훔치는 경우도 있으며, 이들을 만지거나 착용하거나 혹은 만지면서 수음을 하며 성적 만족을 느낀다. Y는 음물증을 가진 이상성욕자임에 틀림없다. 그래서 세탁해 널어놓은 여자 팬티를 훔치고, 그

것을 만지면서 성적 흥분을 느꼈을 것이고, 수음한 다음 사정된 정액을 그 팬티에 묻혀 그대로 가져다 널어놓곤 했을 것이다. 그러고는 그 팬티를 보고 당황하는 여자의 모습을 상상하면서 성적인 만족을 느꼈을 것이다. 이런 이상성욕증을 오손적汚損的 가학증이라고 한다.

오줌소태로 밝혀진 성병의 진실

"문명이 새로운 병을 낳는다."

이 말은 병의 양상이 끊임없이 변하고 있다는 뜻으로도 받아들일 수 있다. 나일론이 생산되면서 우리가 입는 옷은 엄청나게 달라졌다. 질기고 보기 좋으며 구김살이 잘 가지 않는다. 그러나 통풍이 되지 않아 예민한 사람은 나일론 때문에 피부염을 일으키기도 한다. 나일론으로 만든 여자들의 속내의는 더 문제가 많다. 특히 비키니 스타일의 삼각팬티는 심각한 문제를 일으키기도 한다.

K양은 대학을 졸업하고 유명한 법관의 막내아들인 M군과 중매결혼을 했다. 두 사람은 결혼식을 올리고 신혼여행을 떠났다. 미래를 꿈꾸며 달콤한 신혼에 빠져 이틀이라는 시간이 순식간에 흘러갔다. 그런데 사흘째가 되자 신부가 통증을 호소하기 시작했다. 아랫배가 아파오면서

심한 냉㈜과 배뇨통이 따랐다. 신랑은 근처 병원으로 신부를 데리고 갔다.

신부는 병원에서 진찰을 받고 소변검사를 했다. 의사가 신부에게 말하기를, 이상한 균을 가지고 있어서 치료가 필요하다면서 다 나을 때까지 남자를 가까이해서는 안 된다고 말했다. 신부는 '이상한 균'과 '남자를 가까이해서는 안 된다'는 말이 무슨 뜻인지, 좀 더 구체적으로 정확하게 알려달라고 했다. 의사는 좀 난처한 표정을 짓더니, 그람음성균이 나오는 것으로 보아 성병으로 보인다고 말했다. 그 말을 듣는 순간 신부는 하늘이 무너지는 것 같았다. 성병이라면 신랑에게서 옮은 것이 아니겠는가. 그리고 성병은 성적인 접촉을 통해서만 옮는다는 것을 생각해 보면, 총각 시절 신랑의 품행을 짐작할 만했다.

신부는 밖에서 초조하게 기다리고 있던 신랑을 끌다시피 해서 호텔로 돌아가 방문을 잠그고 따져 물었다. '성병을 가지고 있으면서 뻔뻔스럽게 치료도 하지 않고 결혼했느냐, 나에게 결혼 선물로 성병을 주었으니 이 창피한 일을 어디 가서 말하겠느냐!' 그러다가 결국 '이런 사람과 결혼한 내가 바보지' 하면서 울기 시작했다.

이야기를 듣고 있던 신랑은 신부가 가진 병이 성병임을 알게 되었다. 그런데 신랑도 신혼여행을 온 뒤 소변을 볼 때 약간의 통증이 시작되었지만, 괜찮아질 것이라고 생각하며 참고 있었다. 그러면 그것이 모두 신부가 가지고 있던 성병 때문이었다는 이야기가 된다. 자신은 성병에 걸린 것이 아닌 게 분명하므로 신부가 자신의 허물을 신랑에게 덮어씌우려고 연극을 하는 것이라고 생각했다. 신랑은 신부를 다그쳤다.

"그래, 누가 성병을 가지고 있었단 말이야? 자기가 가졌던 성병이 탄로 나게 되니 그것을 나에게 뒤집어씌우려고 지금 이러는 거지?"

의사가 성병이라고 말한 이상 두 사람은 서로를 의심할 수밖에 없었다. 그때부터 두 사람은 내내 싸우다가 이혼하자는 말까지 나왔고, 결국엔 서울로 돌아왔다. 자세한 사정 이야기를 들은 신랑의 아버지는 아무래도 아들에게 허물이 있을 것이라고 보고 조용히 따로 불러서 꾸짖었다. 그러나 아들은 자기는 결백하며 신부에게 문제가 있는 것이 분명하다고 말했다. 아버지는 아들이 거짓말을 하는 것이 아님을 알고는 편지를 썼다. 그러고는 신랑과 신부에게 그 편지를 들려서 내게 보냈다.

나는 우선 신랑과 신부의 소변을 검사했다. 신혼 여행지에서 검사했던 것처럼 소변에는 그람음성균이 많이 들어 있었다. 그러나 그것은 성병을 일으키는 쌍구균이 아니라 간균이었다. 그람음성간균은 장내 세균인 대장균이다. 그러니까 성병에 감염된 것이 아니었던 것이다. 검사를 마친 뒤 신부에게 질문을 했다.

"신부는 주로 나일론 삼각팬티를 착용하나요?"

"네, 그렇습니다."

의외의 질문에 새파랗게 질린 신부는 입술까지 파르르 떨며 대답했다.

"뒷물을 자주 하나요?"

"네."

이상한 것을 질문한다는 눈초리를 보이기도 했다.

"뒷물은 대야에 물을 받아서 하나요, 그렇지 않으면 샤워하는 식으로 하나요?"

"대야에 물을 받아서 합니다."

"뒷물할 때 항문까지 같이 씻나요?"

잠시 생각하던 신부는 부끄러운 듯 얼굴을 붉히며 대답했다.

"네."

그렇다면 상황은 명백했다. 사람의 항문 주위에는 많은 대장균이 우글거린다. 여자의 외성기는 항문 가까이에 있기 때문에 대장균의 침범을 받기 쉽다. 이런 상태에서 항문과 질을 동시에 대야에 담긴 물로 씻으면 결과적으로 항문 주위의 대장균이 질 내로 들어가게 된다.

그렇게 질 내로 들어간 대장균은 빠르게 번식해서 요도로 번진다. 그렇게 되면 방광염을 일으키고, 오줌이 자주 나오고, 방광에 불쾌감을 느끼게 된다. 이런 상태를 옛날 사람들은 오줌소태라고 불렀다. 특히 월경 뒤에 오줌소태를 자주 겪는다.

이런 상황은 신혼부부에게 쉽게 찾아온다. 여자 성기의 입장에서 보자면 첫날밤의 경험이란 일대 봉변을 의미한다. 봉변을 당해서 출혈이 일어나고, 자극을 받아 충혈된 상태에서 대장균은 더욱더 잘 번식한다. 이 같은 봉변을 며칠 동안 겪고 나면 심각한 오줌소태가 생기지 않을 수 없다. 이런 상태에서 소변검사를 하면 당연히 그람음성균이 나온다. 그런데 신혼 여행지의 병원 의사가 쌍구균과 간균을 구별하지 못하고, 무조건 성병이라고 한 것이 신혼부부의 싸움을 부추겼다.

이들에게 이러한 메커니즘을 자세히 설명해주고, 특별히 신부에게는 뒷물할 때 항문을 함께 씻지 않도록 당부했다. 그리고 나일론 팬티도 좋지 않다고 일러주었다.

색마의 살인, 이례적인 질식사

휴전 후 환도해 얼마 되지 않은 어느 가을에 발생한 사건이다.

그 당시 종로 3가는 소위 '종삼촌'이라 부르는 유명한 사창가였다. 그 사창가의 K라는 창녀는 얼굴이 못생긴 데다가 곰보이기도 해서 인기가 없었다. 그런데 비 오는 어느 날 밤에 젊은 청년 하나가 K의 방에 들었다. 초저녁에 K와 이 남자가 든 방에서는 즐거운 대화가 이어지는지 가끔씩 웃음소리도 들려왔고, 밤 11시쯤에는 여자의 신음 소리와 함께 흐느끼는 듯한 소리가 들려왔다. 포주인 R여인은 잠시 K의 방 쪽으로 귀를 기울였다. 그러나 젊은 사람들이 흔히 내는 소리라고 생각하고 그대로 넘겼다.

통금 시간이 가까워 오자 K의 방에 머물렀던 청년은 나가버렸다. R여인은 방 밖에서 K에게 말을 붙여보았으나 대답이 없었다. 피곤해서 잠이 든 것으로 짐작하고 R여인도 자기 방으로 가서 잠이 들었다. 다음 날 아침 10시가 넘도록 K는 일어나지 않았다. R여인이 K를 깨우려고 방으로 들어섰는데 그녀는 소스라치게 놀랐다. K가 눈을 부릅뜬 채 죽어 있었기 때문이다. 당황한 R여인은 허둥지둥 경찰에 신고했다. 경찰관들이 현장에 도착했을 때 K의 머리맡에는 먹다 남은 빵 부스러기와 과일, 술병 등이 널려 있었다.

K의 죽음은 자살인지 타살인지 구별할 수 없을 정도로 작은 외상조차 발견되지 않았다. 그래서 경찰 쪽에서 부검을 통해 사인을 구명해달라고 내게 의뢰해왔다. 흉강을 검사해보았다. 폐는 심한 울혈과 부종을 보이고, 흉막 아래에 커다란 출혈반이 있는 것으로 보아 질식한 것이 아닌가 의심이 되었다. 그러나 K의 목 부분에는 목덜미를 압박했다거나 끈으로 조른 흔적을 전혀 찾아볼 수 없었다.

복강을 검사해보았다. 위 점막에는 심한 충혈이 있었고, 아직 소화되지 않은 상태의 빵과 과일, 오징어 등이 약 300그램 정도 남아 있었다. 술 냄새가 나는 것으로 보아 K는 청년과 더불어 음식물과 술을 나눠 먹고 곧 사망했다는 것을 알 수 있었다. 두개강(머리뼈 안)에는 외상이나 별다른 이상 소견이 없었다.

최종적으로 목 부분의 장기를 적출해서 검사해보았다. 구강에서 길이 약 7센티미터, 직경 약 3센티미터 정도 되는 이물이 하나 떨어져나왔다. 자세히 살펴보니, 가제 손수건을 똘똘 말은 것이었다. 처음에는 이렇게 똘똘 말린 가제 손수건이 구강에서 발견된 이유가 얼른 납득이 되질 않았다. 그러나 K의 폐에서 질식사한 소견이 나오고 보니, 그 질식의 원인이 바로 이 가제 손수건이라고 볼 수밖에 없었다.

그렇다면 누가 이 가제 손수건을 K의 목에다 밀어 넣었을까? 청년이 밀어 넣었다면 K의 저항에 부딪혔을 것이다. 그렇다면 어떤 형태로든 저항의 흔적이 남아 있어야 한다. 그러나 K의 몸에서는 그런 흔적을 조금도 발견할 수 없었다. 그러나 만일 K가 저항을 할 수 없는 상태였다면 이야기가 달라진다. 그래서 혈액과 위 내용물을 가지고 독극물 검사를 해보았다. 예상대로 수면제 반응과 알코올 반응이 양성으로 나왔다. 수면제가 술과 함께 들어가면 약효가 빠르게 작용한다. 그렇다면 가제 손수건은 K가 깊은 잠에 빠진 뒤에 그 청년이 밀어 넣었다고 볼 수 있다.

얼마 후 그날 밤 그 청년인 S가 잡혀왔다. 경찰이 범행을 추궁하자 처음에는 극구 부인했다. 그러나 경찰이 K의 목에서 나온 가제 손수건을 들이대자 고개를 떨어뜨리며 순순히 자백했다. 경찰은 '왜 그런 짓을 했느냐'고 동기를 물었다. S는 그동안 많은 여자들과 섹스를 해봤지만 전혀 만족을 느낄 수 없었다. 그런데 어느 책에선가 일본 군인들이 중국을 침략했을 때, 여자들과 성행위 도중에 살해를 하면서 쾌락의 절정을 느꼈다는 내용을 보게 되었다. S는 그때부터 자기도 그런 경험을 해보고 싶은 욕망에 사로잡혔고, 그날 그것을 실행에 옮긴 것이다. S는 수면제가 든 빵을 미리 준비해서 K에게 먹였다. 그 당시 창녀들은 그렇잖아도 평소에 소량의 수면제를 먹고 있었다고 한다. 게다가 술까지 마셨으니, 금방 깊은 잠에 빠져들 수밖에 없었다. 잠든 K와 섹스를 시작한 S는 손수건을 말아서 입안 깊숙이 밀어 넣었다. 처음에는 K가 반항하는 듯한 기미를 보이더니, 곧 숨이 점점 빨라지면서 이상한 소리를 내기 시작했다. 그 순간 S는 쾌락의 절정에 도달했다고 한다. 그런데 일을 끝내고 보니 K의 숨소리가 들리지 않았다. 입술을 만져보니 이미 싸늘했고, 눈은 부릅뜬 채 자기를 노려보고 있는 것처럼 느껴졌다. 그 모습을 본 S는 겁에 질려서 도망을 친 것이다.

　이 사건은 목 부분의 장기를 적출해서 검사해보지 않았다면, 사인을 밝혀내지 못할 뻔했던 이례적인 질식사 사건이었다.

바기니스무스

바기니스무스vaginismus란 여성의 질과 그 주위 근육, 심한 경우에는 아랫다리 전체의 근육에 불수의不隨意적인 경련이 일어나 질의 입구를 닫아버리는 경우를 말한다. 여성이 성행위에 대한 공포심을 가지거나 이를 죄악시하는 심리가 지나칠 때 이런 일이 일어난다. 만일 섹스 도중에 바기니스무스가 일어나면 남성의 성기는 여성의 성기에 꽉 끼어서 꼼짝도 못하게 된다. 이런 경우를 페니스 캡티부스(penis captivus, 음경 포착)라고 한다. 이렇게 되면 두 사람이 아무리 애를 써도 남성의 성기가 빠지지 않아, 남녀 모두가 심한 고통을 당하게 된다.

바기니스무스는 정신적인 요인만이 아니라 육체적인 요인에 의해서도 일어난다. 처녀막이 지나치게 강인해 정상적인 삽입으로는 파열되지 않을 때, 또는 염증이 있거나 상처가 있어 섹스를 하면 고통이 수반될 때에 일어날 수 있다. 그래서 옛날에는 신혼부부가 첫날밤을 지내다가 바기니스무스로 고통받는 일이 적잖게 생겼다고 한다.

가난한 집에서는 열두세 살밖에 되지 않는 어린 처녀를 민며느리로 신랑집에 팔기도 했다. 팔려 간 어린 민며느리는 첫날밤을 맞이할 마음의 준비가 전혀 되어 있지 않을 뿐더러 아직 성숙되지 않은 성기로 첫경험을 당하게 되면 섹스가 공포스러운 것이 된다. 그런 상황에서 바기니스무스가 일어나곤 했을 것이다.

그러나 요즘은 대개 연애라는 과정을 거칠 뿐 아니라, 신부의 신체적인 조건 역시 충분히 성숙한 뒤이기 때문에 그런 현상을 찾아보기 어렵다. 그렇다고 완전히 없어진 것은 아니다. 요즘은 대개 비정상적으로 보이는 관계, 또는 불륜인 경우에 드물게 이런 현상을 보게 된다.

조그마한 농촌 마을에 서로 사랑하는 한 쌍의 처녀 총각이 있었다. 그러나 양가 부모는 이 결혼을 반대했다. 뿐만 아니라 두 사람이 만나지도 못하게 했기 때문에 밀회를 할 수밖에 없었다. 두 사람은 밤늦게 만나거나 보리밭에서 만나 사랑을 나누곤 했다. 그날도 보리밭에서 사랑을 나눴다. 그런데 성행위가 한창일 때 난데없이 뱀 한 마리가 처녀 옆을 지나쳤다. 처녀는 순간 소스라치게 놀랐고, 바기니스무스가 일어났다. 총각의 성기는 더 이상 꼼짝할 수가 없었다. 두 사람은 떨어져 보려고 애를 써봤지만 허사였다. 그대로 시간이 흘렀다. 총각은 탈진해서 의식을 잃었고, 처녀는 신음 소리를 내고 있었다. 그런 모습이 저녁에 보리밭을 둘러보러 나온 동네 노인에게 발견되었다. 처녀도 마침내 의식을 잃었다. 동네 사람들이 모여들었으나 붙어 있는 두 사람을 옮길 수가 없었다. 결국 의사 선생이 보리밭까지 왕진을 나왔고, 치료를 하고서야 성기가 빠졌다. 그런데 이 날의 사건이 서로 사랑하는 두 사람에게는 전화위복이 되었다. 온 동네 사람들 앞에서 그런 모습을 보였으니 양가 부모들도 더 이상 결혼을 반대할 수가 없었던 것이다. 결국 바기니스무스가 두 사람이 결혼에 골인하도록 결정적인 역할을 한 셈이다.

또 바기니스무스는 비정상적인 관계의 남녀 교접, 즉 불륜 관계에서 비교적 자주 생기는 현상이다. 이 예는 이야기하기가 좀 불편하지만 실제 있었던 일이며, 이런 일을 예방하는 데 참고가 되었으면 하는 바람에서 소개한다.

남편과 사별하고 홀시아버지를 모시던 며느리와 시아버지가 불륜 관계를 맺어온 한 가정이 있었다. 하루는 시아버지와 며느리가 섹스하던 도중에 며느리에게 바기니스무스가 일어나 시아버지의 성기가 꼼짝 못하게 되었다. 창피스러운 시아버지는 며느리에게 욕도 해보고, 달래도 보고, 자기 스스로 빠져나가려고 무척 노력도 해봤지만 허사였다. 며느리는 고통을 참지 못해 결국 소리치며 동네 사람들에게 도움을 청했다. 비명 소리에 놀란 동네 사람들이 달려와 이 장면을 보고는 눈길을 돌리지 않을 수 없었다. 동네 사람들은 시아버지와 며느리를 리어카에 싣고는 담요를 덮어서 병원으로 옮겼다. 두 사람은 평생을 두고 상상만 해도 몸서리가 쳐질 정도로 창피스러운 상황을 맞게 된 것이다.

노인 전문으로 나선 40대 여인

68세의 H씨는 나이보다 훨씬 젊어 보이는 건강한 노인이었다. 5년 전에 부인과 사별한 후로는 자식들 집을 옮겨 다니며 생활하고 있었다. H씨는 공원에서 자기와 비슷한 노인들과 담소를 나누고, 장기나 바둑을 두며 그들과 어울리는 걸 낙으로 삼았다. 그러던 중 '국군의 날'이 되었다. 구경거리가 생긴 H씨는 아침 식사를 일찍 마치고 퍼레이드를 구경하기 위해 거리로 나가 군중의 맨 앞줄에 자리를 잡았다. H노인은 국군들의 행진 대열이 새로이 다가올 때마다 손을 들어 환호했다. 그런데 H노인 옆에는 40대 전후로 보이는 여인이 앉아 있었는데, H노인과 함께 호흡을 맞추며 환호하고 있었다. 한참을 그렇게 하다 보니 어느새 두 사람은 친근한 이웃처럼 느껴졌고, 이야기도 나누게 되었다.

"할아버지, 혼자 나오셨어요? 할머니는 왜 같이 나오지 않았어요?"

"할멈은 먼저 황천길로 떠났소."

이런저런 이야기를 나누는 사이에 퍼레이드는 끝이 났다. 그러나 해는 아직도 중천에 떠 있었다. H노인의 발걸음은 여느 날처럼 자연스럽게 공원으로 향했다. 그런데 퍼레이드를 함께 구경했던 40대 여인도 H노인과 이야기를 나누며 공원까지 함께 걸어가게 되었다. 그날 따라 공원에는 친구들이 하나도 보이지 않았다. H노인은 햇볕이 잘 드는 벤치에 앉았고 40대 여인도 그 옆에 앉았다. H노인이 자기 어깨를 손으로 두드리자 여인이 잽싸게 일어나 어깨를 주물러주었다. H노인은 좀 미안하고 쑥스러웠지만 기분이 좋아서 그냥 몸을 맡겼다. 어깨를 주무르던 여인은 H노인에게 물었다.

"허리는 안 아프세요?"

"왜! 허리가 제일 아프지…."

"그러면요. 요 앞에 있는 여관으로 가세요. 제가 허리를 주물러 드릴게요."

H노인은 그런 제의가 좀 이상했지만, 무슨 일이 있으랴 싶어 순순히 따라나섰다. 여관방에 들어선 여인은 자리를 깔고 H노인을 편하게 눕혔다. 그러고는 허리와 팔다리를 시원하게 주물러주었다.

한참 동안 H노인을 주무르던 여인은 자기가 자리에 누우면서 말했다.

"이번에는 저를 좀 주물러주실래요?"

H노인은 여인이 하라는 대로 몸을 주무르기 시작했다. 여인의 몸에 손을 대본 지도 오래되었다. 할멈이 죽은 지 5년이 흘렀다. H노인은 자기도 모르는 사이에 그 여인이 이끄는 대로 따랐고, 섹스로까지 이어졌다.

여인은 일을 끝내고 옷을 주섬주섬 챙겨 입더니 잠시 다녀오겠다고 했다.

"목이 마르시지요? 제가 나가서 마실 것을 좀 사올게요."

사근사근하게 말하고 방문을 나서는 여인의 뒷모습을 바라보며, H노인은 혼잣말로 중얼거렸다.

'내가 아직 남자 구실을 할 수 있구나! 그런데 저 여인 참 기특하네. 오늘은 아주 운이 좋은 날이야. 저런 여인을 다 만나다니!'

잠시 후에 여인은 우유 두 병과 삶은 계란을 사 가지고 왔다. 목이 말랐던 노인은 우유 한 병을 단숨에 마시고는 삶은 계란도 한 개 먹었다. 다 먹고 나서 40대 여인은 H노인 옆에 눕더니 귀에 대고 말했다.

"노곤하니까 우리 여기서 한잠 자고 같이 나가요."

"음, 그러지."

H노인은 곧 곯아떨어졌다.

"할아버지! 할아버지! 좀 일어나 보세요."

하루가 지난 뒤, 여관 종업원은 H노인을 깨우기 위해 방으로 들어갔다.

"할아버지, 무슨 잠을 그렇게 많이 주무세요. 벌써 저녁때가 다 되었어요."

잠에서 깬 H노인은 좀처럼 정신을 차릴 수가 없었다. 노인은 종업원에게 지금 몇 시나 되었는지 물었다. 그리고 같이 왔던 여인은 어디 있는지도 물었다. 종업원은 '할아버지는 어제 낮에 들어와 24시간 계속 잠을 잤고, 같이 왔던 분은 어제 초저녁에 나갔다'고 알려주었다. 그러면서 계속 여기서 묵을 게 아니면 집으로 돌아가시라고 했다. H노인이 나가겠다고 말하자, 종업원은 하루치 숙박료를 지불해달라고 했다. 그런데 주머니를 뒤져보니 지갑이 없었다. 이상한 느낌이 들어 손을 들어 보았다. 백금반지도 사라지고 없었다. 금테 두른 안경도 없어졌다. 그제야 상황을 파악한 H노인은 종업원에게 그간의 사정을 털어놓으며 크게 한탄했다.

당황한 H노인이 허둥지둥 집 전화번호를 가르쳐주고는 이층 방을 나서서 계단으로 향했다. 그런데 첫 번째 계단을 디디는 순간 미끄러져서 아래로 굴러떨어졌다. 깜짝 놀란 종업원이 달려갔지만 노인은 이미 새파랗게 질려 있었고, 무슨 말인가를 하려는 것 같은데 도무지 알아들을 수가 없었다. 급히 H노인을 병원으로 옮겼지만, 도착하기 전에 숨을 거뒀다.

나는 H노인을 부검했다. 혈관과 오줌에서 수면제가 검출되었고, 사인은 외상성 뇌출혈이었다. 검출된 수면제의 양으로 볼 때 H노인은 많은 양의 수면제가 든 우유를 마셨다는 것을 알 수 있었다. 정신을 잃을 정도로 깊은 잠에 빠진 사이, 함께 있던 40대 여인은 금품을 챙겨서 도망을 갔다. H노인은 잠에서 깨기는 했지만, 아직 충분히 제정신이 돌아오지 않은 상태에서 계단을 내려가다가 발을 헛디딘 것이다. 그 바람에 머리를 다쳤고, 뇌출혈을 일으켰다. 이른바 간접살인이 성립되는 사건이었다.

경찰에서는 40대 여인을 수배했지만 오리무중이었다. 그로부터 약 6개월이 지난 어느 봄날, 바로 그 40대 여인이 여관에 나타났다는 신고가 경찰에 접수되었다. 신고한 사람은 6개월 전에 H노인이 투숙했던 여관에서 일했던 바로 그 종업원이었다. 급히 출동한 경찰에 의해 40대 여인이 검거되었다. 그러나 이 여인은 '왜 자신을 검거하느냐'며 거세게 항의했다. 경찰은 6개월 전에 함께 투숙했던 H노인이 사망했다는 사실을 알려주었다. 그러자 여인은 고개를 떨어뜨리며 긴 한숨을 내쉬고는 '담배나 한 대 달라'고 했다. 그러고는 모든 사실을 다 털어놓았다.

이 40대 여인은 10년 전 남편과 사별하고 재혼했지만 실패했다. 또 재혼했지만 이번에는 사별했다. 남겨준 재산도 없고 배운 것도 없어 먹고살 길이 막막했다. 그래서 노인들에게 접근해서 혼자 사는 것을 확인한 후, 여관으로 유인해서 H노인에게 했던 것과 같은 방법으로 금품을 갈취했던 것이다. 그동안 이 여인에게 피해를 입은 60대 노인만 해도 스무 명쯤 된다고 했다. 이 40대 여인은 남편과 사별하고 생계가 막막해지자 '노인 전문'이라는 신종 직업(?)을 개발한 셈이다.

목숨을 담보한 죽음의 장난

'의사縊死'라 함은 끈으로 목을 매고 그 끈에 자기의 체중을 실어 기도를 폐쇄시켜 질식사하는 것이다. 의사는 대부분의 경우 자살의 수단으로 이용된다. 그러나 가끔 다른 방법으로 살해한 후에 자살한 것처럼 위장하기 위해 시체를 목매달아 놓는 경우가 있기 때문에 법의학에서는 중요한 검시 대상이 된다.

의사로 인해 죽음에 이르는 과정은 이렇다. 목이 졸리면 뇌에 혈액을 공급하는 추골동맥이 막히고, 그 결과 국소적 뇌빈혈이 먼저 찾아온다. 그 때문에 갑작스러운 의식불명에 빠지게 되는 것이다. 그다음에는 기도가 폐쇄되어 질식하게 된다. 그러니까 의식이 없는 상태에서 질식사하게 되는 것이다. 그래서 당사자는 고통을 전혀 느끼지 못한다. 사형을 집행할 때 교수형을 선택하는 것도 그런 이유에서다. 그런데 이렇게 목을 매달아 죽으면 끈에 의한 압박이 피부에서 시작해 목뼈에 이르는 과정에서 미주신경이 자극된다. 그래서 방뇨, 탈분(脫糞, 똥을 싸는 것), 사정 등의 현상이 일어난다.

의사체를 검시하면 대개 목이 매달렸던 위치의 아래에서 분뇨를 보거나 속내의에 정액이 부착된 것을 볼 수 있다. 사정이란 성행위로 인한 쾌감이 절정에 달했을 때 일어나는 것이지만, 이처럼 성행위가 없는 의사 과정에서도 볼 수 있다. 이것이 잘못 전해져서 성적인 만족을 얻기 위해 목을 매는 경우도 있다. 특히 독신자들에게서 볼 수 있는데, 독신이 아닌 경우에는 가족들이 외출하고 없을 때 이런 행동을 저지르기도 한다.

하숙집에서 목을 맨 32세 된 홀아비의 시체를 부검한 일이 있다. 이 사건은 하숙집 가정부가 신년 휴가로 시골에 내려가고, 주인아주머니가 외출 중인 사이에 일어난 사건이다. 그런데 죽은 홀아비가 여자 옷을 입고 있었다. 그 옷은 가정부가 입던 것들로 시골로 내려가면서 모두 빨아서 널어놓았던 것이다. 홀아비는 브래지어, 팬티, 속치마, 양말 등을 모두 입고 있었으며, 팬티에는 사정한 흔적이 있었다. 시체는 자기 신장보다 낮은 곳에 목을 매고 있었는데, 전형적인 불완전 의사였다.

법의학에서는 의사체가 완전히 공중에 뜬 상태로 사망한 것을 '완전 의사'라 하고, 신체의 일부가 지면이나 벽에 지지된 상태로 사망한 것을 '불완전 의사'라고 한다. 완전 의사의 경우에는 경정맥, 경동맥 및 추골동맥 등 목에 있는 큰 혈관이 동시에 차단되기 때문에 생기는 빈혈로 얼굴과 안결막이 창백해진다. 그러나 불완전 의사의 경우에는 앞에서 말한 혈관의 소통과 차단이 교대로 일어나기 때문에 얼굴은 울혈로 인해

암적갈색을 보이며, 안결막에도 울혈 및 정상 출혈을 보인다.

이 사건의 경우, 사망자가 자기 신장보다 낮은 곳에 올가미를 만들어 놓고 '즐기다가' 죽은 것이었다. 그는 올가미에 목을 넣고는 자기 체중으로 목을 졸라가며 혈류를 차단해서 미주신경을 자극했을 것이다. 그래서 사정에 가까워지면 다시 느슨하게 하는 일을 되풀이하면서 성적인 쾌감을 즐기다가 목에 감긴 올가미에 지나친 체중이 실려 의식을 잃고는 죽음에 이른 것이다. 이런 경우를 '사고성 의사' 또는 '성적 의사'라고 하는데, 비정상적인 성벽性癖을 지닌 독신남녀에게서 가끔 볼 수 있다. 이들은 이른바 죽음의 장난을 하는 셈이다.

이와 같은 성적 의사를 확정하기 위해서는 목 부분을 자세히 검사해 보아야 한다. 이런 '죽음의 장난'을 상습적으로 하는 사람은 대개 목 부분에 선상線狀의 엷은 흉터가 가로지르고 있다. 이것은 사망하기 전에 같은 방법으로 여러 번 이런 행위를 하는 동안 생긴 상처다. 목에 감긴 올가미를 체중으로 조를 때, 그 압력 때문에 상처가 생겨서 흉터로 남은 것이다.

이런 사고성 의사는 가끔 앉은 자세로, 또는 누운 자세로도 발견되는데 가족이나 경험이 적은 수사관들은 의사라는 사실을 믿지 않으려고 한다. 의사라면 대개 자신의 키보다 높은 곳에 목을 매다는 것으로 알고 있기 때문이다. 그리고 도대체 어떻게 앉은 자세나 누운 자세로 의사가 가능하냐는 것이다.

그러나 경정맥은 2킬로그램, 경동맥은 3.5킬로그램, 추골동맥은 16.6킬로그램, 또 기관의 경우는 15킬로그램의 무게 정도만 올가미 끈에 작용하면 혈관이나 기도가 차단되어 죽음에 이를 수 있다. 그러니 성인 체중을 70킬로그램으로 보면 그것의 약 4분의 1 정도의 무게만으로도 의사가 일어날 수 있는 것이다. 그러므로 의사의 경우에는 목이 매달린 자세보다는 그 끈에 작용한 무게가 얼마인가가 중요하다.

3장

지능적인 사건의 전말

—

판정승

이 이야기는 법의학적인 감정으로도 범인을 밝혀내지 못한, 50여 년 전에 일어났던 사건이다.

S대에 다니던 K군과 양장점의 점원인 R양은 서로 사랑하는 사이였다. 어느 토요일 오후, K군은 양장점 근처까지 가서 동네 아이를 시켜 R양에게 몇 시에 어디서 만나자는 쪽지를 전했다. 이 쪽지를 받은 R양은 약속된 시간에 K군과 만나서 저녁 식사를 같이 하고, 영화를 보고 나서 K군의 집 근처에서 헤어졌다. 통금 시간이 시작되기 15분 전쯤의 일이다. 그런데 12시 30분경에 R양은 길가에 쓰러져 있는 시체로 발견되었다. 야경을 돌던 야경원들에 의해 좁은 골목길에서 발견된 것이다. R양은 팬티를 두 개 입고 있었는데, 질부(膣部, 여성 성기의 질 부분)는 예리한 칼에 의해 'ㄷ'자로 찢어져 있었고, 질 내부도 날카로운 칼로 벤 상

처가 두 군데나 나 있었다.

나는 경찰의 의뢰를 받아 R양의 시체를 부검하게 되었다. 머리 부분에 커다란 두피하출혈이 있는 것으로 봐서 R양은 둔기로 머리를 얻어맞아 사망한 것으로 보였다. 질부에는 커다란 절창(베인 상처)이 두 개 있었는데, 그 주변에 출혈이 있는 것으로 봐서 두부를 강타한 후 곧 질을 절개했음을 알 수 있었다. 이런 시체의 상황으로 볼 때 치정과 관계된 사건임을 쉽게 짐작할 수 있었다.

당연한 일이지만 수사관들은 그날 R양과 가장 오랜 시간을 보냈고, 헤어질 때까지 함께 있었던 K군을 가장 유력한 용의자로 지목했다. 경찰은 K군이 가지고 있던 소지품 중에서 피가 묻은 가제 수건을 발견하고 이를 감정 의뢰했다. K군의 혈액형은 O형이고 R양의 혈액형은 A형이었다. 가제 수건의 혈액형은 A형이었다. 현미경으로 검사해보니 상피세포도 발견되었다.

가해자가 질을 절개한 후 사용한 칼과 손을 이 수건에 닦은 것이 틀림없는 것 같았다. 나는 이런 생각을 수사관에게 알려주었고, 수사관은 이런 사실을 바탕으로 K군을 추궁했다. K군의 대답은 절묘했다. K군은 R양과 헤어지기 전에 아주 진한 키스를 했고, 그런 다음 가제 수건으로 입을 닦았다는 것이다. 그렇다면 R양의 혈액이 가제 수건에 묻을 가능성이 충분하고 상피세포도 발견될 수 있다. 문제는 질膣상피세포인지 구순口脣상피세포인지를 구별할 수 없었다. 그러니 K군의 진술을 뒤집을 근거가 없어진 셈이 되었다.

그래서 K군의 손톱을 깎아서 가져오도록 했다. K군이 범인이라면 어두운 골목길에서 질부를 더듬었을 테고, 그러다 보면 손톱 밑에 R양의 혈액과 질상피세포가 들어갈 가능성이 있기 때문이다. 검사해보았더니 K군의 손톱에서 혈흔반응이 나왔다. 그래서 사람의 피인지 동물의 피인지, 그리고 사람의 피라면 어떤 혈액형인지를 알아내기 위한 검사를 하려고 했다. 그러나 채취한 손톱에서 나온 재료만으로는 더 이상 검사를 할 수가 없었다. 그래서 어쩔 수 없이 K군을 심문해 어째서 손톱 밑에서 혈흔반응이 나오는지를 알아보라고 했다.

K군은 이번에도 그럴 듯한 설명을 했다. 일주일 전에 고향에 내려갔는데, 노루사냥을 했고 노루를 잡아서 그 피를 먹었다고 했다. 그때 노루 피가 손톱 사이에 들어갔을 수 있지 않겠느냐는 것이었다. 일주일 전이라면 그 사이에 세수를 하거나 머리를 감거나 했을 것이다. 머리를 감은 뒤에도 손톱 아래에서 혈흔반응을 볼 수 있을까? 그것을 확인하기 위해 실험을 해보았다. 직원 두 사람을 시켜 피를 손으로 만지게 한 다음 목욕탕에 보냈다. 그중 한 사람은 손으로 머리를 감게 하고, 한 사람은 목욕만 하고 머리를 감지 않도록 했다. 그런 다음 검사를 해보았다. 머리를 감은 사람의 손톱에서는 혈흔반응이 나오지 않았고, 머리를 감지 않은 사람의 손톱에서는 혈흔반응이 양성으로 나왔다.

이 검사 결과를 가지고 다시 K군을 추궁했다. 그 사이에 목욕을 다녀온 적이 있느냐고 물었다. 다녀왔다고 대답했다. 그렇다면 손톱 아래에서 확인된 혈흔반응은 그 노루 피가 아님이 틀림없다. 수사관은 실험 결과를 들이대며 자백할 것을 요구했다. 그러자 K군은 "그렇다면… 아마도 내 비후성 비염 때문일 겁니다"라고 말했다. 자기는 비후성 비염을 앓고 있고, 그래서 비교적 자주 코피가 나오는데 그때마다 손가락으로 코를 잡곤 한다는 것이었다. 그러니 손톱 아래에 코피가 스며들 수 있지 않겠느냐고 했다. 그래서 우선 K군에게 정말 비후성 비염이 있는지 확인해보았더니, 사실이었다. 그렇다면 이번에도 K군의 진술을 뒤집을 법의학적인 증거는 없는 셈이다.

결국 증거 불충분으로 K군은 풀려났다. 지금 생각해봐도 만약 K군이 진범이라면, 완전범죄를 저지를 수도 있을 만큼 대단히 치밀한 두뇌의 소유자가 아닌가 싶다. 진범이 아니라면, 너무나 지나친 우연의 일치인 셈이다. 신의 장난 치고는 너무 심하다는 생각이 들 정도다.

물론 이 사건이 최근에 일어났다면, 의학과 과학기술의 발달로 수월하게 해결됐을 것이다. 현대의 기술로는 일반인들이 상상하기 어려울 만큼인 100피코그램(100억 분의 1그램) 정도의 미세한 증거물만으로도 개인식별이 가능하기 때문이다.

과부댁의 죽음

남편과 사별한 후 삼남매를 데리고 식당을 경영하며 살아가던 32세의 과부 C가 살해되었다. 시체는 아침에 자식들이 발견해서 경찰에 신고했다. 사건을 맡은 경찰은 곧바로 공의에게 검시를 부탁했다. 그러나 공의가 사인을 찾아내지 못하자 내게 부검을 의뢰해왔다. 시체가 발견되었을 때의 상황은 이랬다. 삼각팬티 하나만 입은 상태였는데 엉덩이 왼쪽의 팬티는 반쯤 내려져 있었고, 이불이 덮여 있었지만 발은 노출된 상태였다.

검시한 의사의 말에 따르면, 겉으로만 봐서는 변사인지 자연사인지 구별할 수 없을 정도로 자연스러웠다. 팬티가 반쯤 내려져 있었기 때문에 질 내용물을 채취해 정액검사를 해보았지만 정자는 없었다. 부검 결과, 목 부분에서 갑상연골 양측에 작은 일혈점(피부 표면에 얼룩을 만드는 출혈점)이 몇 개 발견되었다. 각 장기에는 심한 울혈이 있었으며, 심외막(심장 바깥막) 특히 흉막하에 커다란 출혈반이 있었고, 심혈(심장의 피)은 반유동성이었다. 목 부분의 연골을 자세히 검사했으나 골절되지 않은 상태였다. 틀림없는 질식사인데, 질식의 원인은 분명하게 알 수가 없었다.

경찰은 다각도로 수사한 끝에 29세인 전직 동회 서기인 L이라는 청년을 체포했다. 그리고 그 청년에게서 범행 일체를 자백받았다.

L은 3년 전에 그 동회의 서기로 일했다. 그때 C여인이 경영하는 식당에서 아침저녁으로 식사를 하면서 가까워졌다. 그러다가 L은 저녁마다 C여인의 큰아들에게 공부를 가르쳐주었고, 나중에는 그 집의 가정교사가 되었다. L은 그 대가로 C여인에게서 침식을 제공받았다.

C여인은 뛰어난 미모에 몸매도 아름다웠다. 당연한 일이지만 뭇 남자들의 유혹이 있었다. 그러나 C여인은 그런 유혹에 흔들리지 않고 식당을 운영하며 삼남매를 키웠다. 그런데 유달리 L에게는 호의를 베풀었고, 결국 사랑하는 사이로까지 발전해 동거하기에 이르렀다. 그러나 외형상으로는 가정교사와 여주인의 관계를 유지하고 있었다. 그런 상황에서 L이 시골집으로 내려가게 되었다. 부모님이 신붓감을 정해놓고 그를 불렀던 것이다. L은 그 신붓감이 마음에 들었고, 부모님께는 원하시는 대로 결혼을 하겠다고 말씀드렸다. 그러고 나서 C여인에게 돌아가서 그런 사정을 이야기했다. 그러나 C여인은 절대로 헤어질 수 없다면서 자신을 버리지 말라고 눈물로 호소했다. 난감해진 L의 고민은 날로 깊어만 갔다. 결국 L은 C여인을 살해하기로 결심했다.

L은 알리바이를 확실히 하기 위해 범행 이틀 전에 서울에 다녀오겠

다며 C여인의 집을 나섰다. 하지만 범행 전날 L은 사람들의 눈을 피해 자전거를 빌려 타고 밤늦게 C여인의 집으로 갔다. 집 구조를 잘 아는 L은 창문을 넘어 C여인이 잠들어 있는 방으로 들어갔다. C여인에게는 예정보다 일찍 돌아왔다며 함께 잠자리에 들었다. C여인은 반갑게 맞아주었다. 언제나 팬티 하나만 입고 잠을 자던 C여인은 L이 몸 위로 오르자 팬티를 벗으려 했다. 그 순간 L은 C여인의 몸 위에서 목을 눌렀다. C여인이 죽은 것을 확인한 뒤, L은 조심스럽게 집을 빠져나와 자전거를 타고 다시 서울로 돌아갔다.

다음 날, L은 아무 일도 없었다는 듯 C여인의 집에 나타났다. 그리고 울부짖는 어린것들을 달래며 C여인의 영전에서 명복을 빌었다. 이때 경찰의 수사는 난관에 봉착해 있었다. 수사관은 L도 용의자가 될 수 있다고 보고 수사를 했다. L은 C여인이 살해되기 이틀 전에 서울로 갔고 살해된 다음 날 돌아왔으니, 자기는 절대로 범인이 될 수 없지 않느냐고 강력하게 주장했다. 그러나 L이 서울에 간 목적이 분명치 않았고, C여인이 살해되던 날 밤 L의 행적에도 수상한 점이 있었다. 수사관들은 서울에서의 L의 행적을 추적해본 결과, 마침내 L에게 자전거를 빌려준 사람을 찾아냈다. 이것이 단서가 되어 사건이 해결되었던 것이다.

액사(손으로 목이 졸려 죽음)의 경우에는 대개 피살자가 반항을 하게 되고, 그 과정에서 가해자의 손톱에 의한 반월형 표피 박탈이나 좌상과 같은 흔적이 있기 마련이다. 그러나 이 경우에는 C여인이 너무나 안심하고 있다가 불의의 습격을 받았고, 몸부림을 치지 못한 상황에서 순식간에 살해되었기 때문에 그런 흔적이 전혀 남아 있지 않았다. 또 액사의

경우에 흔히 볼 수 있는 목뿔뼈(아래턱뼈와 후두의 방패연골 사이에 있는
말굽 모양의 뼈) 등의 골절도 없고, 단지 방패면골 양측에 일혈점 몇 개가
남아 있을 뿐인 아주 비전형적인 액사였다.

재판 비결

1960년대에 일어났던 사건이다. 한강에 백사장이 있었고, 그곳에서 블록을 찍어내던 시절이다. 그 백사장에서 여자 변사체가 발견되었다. 시체를 감정해봤더니 턱과 유두, 대음순(여성의 바깥 생식 기관의 일부인 음순 가운데 음모가 나 있는 부분)에 치흔(잇자국)이 있었다. 그래서 경찰에서는 변태적인 성범죄로 보고 수사에 착수했다.

그런데 유두와 대음순에 있는 치흔은 앞니 자국밖에 없어서 개인식별에 별 도움이 되지 않았다. 그렇지만 턱에 난 치흔은 뚜렷해서 증거가치가 있어 보였다. 치흔이 시체에 뚜렷하게 남아 있다는 것은 죽은 뒤에 만들어졌다는 뜻이다. 만일 살아 있을 때 턱을 깨문다면 누구라도 반항하거나 피하려고 할 것이다. 그러면 교흔(입으로 문 자국)이 찰과상과 뒤섞여서 원래의 치흔을 알아보기 어렵다. 그러니까 이 경우에는 범인이 이 여자를 살해한 뒤에 성범죄자의 소행인 것처럼 위장했다고 봐야

125

한다.

치열궁(이가 활 모양으로 나란히 박혀 있는 치열)의 형태와 치아의 배열 상태는 지문처럼 누구도 똑같은 사람이 없다. 그러니까 용의자를 찾으면 용의자의 치아를 석고 모형으로 떠서 시체의 턱에 남아 있는 치흔과 비교해보면 되는 것이다.

경찰에서는 그 주변에서 블록을 찍는 인부들 가운데 누군가가 저지른 범행일 것으로 보고, 그들 중에서 수상해 보이는 사람이 있으면 잡아다가 족치곤 했다. 그 당시에는 몽둥이로 마구 때리면서 "빨리 불라, 이 xx!" 그랬다. 그러나 경찰이 "이놈이 맞는 것 같다"고 해도 시체에 나 있는 치흔과 일치되는 사람을 찾지 못했다. 인부들 가운데 누구도 맞는 사람이 없었다. 그러다가 한 수사관이 피해자 남편의 치흔과 비교해보자고 제안했다. 딱 들어맞았다.

그런데 그 당시 나로서는 치아의 모형과 교상(물려서 남은 상처)으로 개인식별 감정을 해본 건 처음이었다. 그래서 매우 신중하지 않을 수 없었다. 남편이 그랬다는 게 쉽게 믿어지지 않았기 때문이기도 했다. 그래서 1주일 동안 이리 맞춰보고 저리 맞춰보고, 할 수 있는 정밀조사를 다 해보았다. 그런데 아무래도 딱 들어맞았다. 남편의 치흔이 확실했다.

그렇지만 나는 치과 전공자가 아니었기 때문에 확인을 받고 싶었다. 그래서 모 치과대학의 K교수를 찾아가서 용건을 이야기했다. K교수는 내 이야기를 듣더니, 자기도 며칠 전에 이와 비슷한 내용을 감정한 적이 있었는데 동일인이 아니라고 판단했으며 그 결과를 경찰서에 이미 통보했다는 것이었다. 그런데 그 K교수가 했던 감정이 바로 내가 가져간 것과 같은 것이었다. 경찰에서 같은 것에 대한 감정을 두 군데에 동시에 의뢰했던 것이다.

나는 그 두 개가 동일인의 것이라고 판단하고 있었기 때문에 그 이유와 근거를 자세히 설명했다. 내 설명을 다 듣고 난 K교수는 자기가 잘못 감정했음을 인정했다. 나는 선뜻 자신의 잘못을 인정하는 K교수에게 감동하지 않을 수 없었다. 대개는 자신의 감정이 잘못된 것이라는 사실을 알면서도 끝까지 고집을 부리는 경우가 많다. 사실 전문가가 자신의 잘못을 인정하기란 쉽지 않은 일이다. 아무튼 나는 제대로 감정했다는 확인을 받고 돌아왔다.

그런데 날짜를 보니 크리스마스이브라 며칠 지난 뒤에 통보하자고 마음먹었다. 그 사이에도 나는 내가 한 감정이 혹시라도 틀리지 않았는지 다시 확인하고 또 확인했다. 결국 나는 새해 첫날이 지난 뒤에야 통보를 하게 되었다. 그리고 그 남편은 1월 4일에 연행되었고, 경찰서에서 자백을 했다. 그런데 이 사람이 법정에 가서는 경찰의 고문 때문에 허위자백을 했다고 주장했다. 그 바람에 내가 증언대에 서게 되었다. 그 자리에서 나는 엉터리 같은 변호사에게 휘말릴 뻔했다. 변호사가 반대심문을 하는데 감정서 사본을 들고 나와서는 이렇게 말문을 열었다.

"이 사진과 이 사진은 육안으로 봐도 전혀 다른데, 어떻게 이것을 동일하다고 하는 겁니까?"

그러고는 감정서의 사진을 지적했다. 그런 다음에는 내가 대답도 하기 전에 계속해서 열일곱 장이나 되는 사진을 모두 다 다른 것이라고 아주 빠르게 말을 이어나갔다. 너무나 빠르게 들이대며 말을 하기에 무슨 말인지도 다 알아들을 수가 없었다. 그래도 마지막 말은 분명하게 들려왔다.

"그러니 감정인의 감정은 다 잘못되었지요?"

이 말은 느리고 또렷했다. 하마터면 나는 "네, 그렇습니다"라고 큰 소리로 대답할 뻔했다. 그때 퍼뜩 이런 생각이 스쳤다. '이런 것이 재판 비결이구나. 유능하다는 변호사들은 분위기를 이렇게 만들어서 증인으로 하여금 자기가 원하는 대답을 하게 만드는구나. 내가 정신을 차려야겠다.' 그러고는 큰 소리로 대답했다.

"아닙니다. 이 감정은 틀림없이 동일인이라는 것을 증명하고 있습니다!"

결국 남편은 유죄를 선고받았다.

"정사로 하자"

결혼한 지 얼마 되지 않은 신혼부부가 마을 뒷산에서 정사情死를 벌였다. 신부는 죽었고, 신랑은 빈사 상태로 발견되었는데 병원으로 옮겨져 살아났다.

신랑은 큰 공장과 목장을 가진 부잣집의 둘째 아들이었다. 신랑 J는 1년 전에 대학을 졸업했고, K양과 결혼한 것은 6개월 전이었다. 신부는 이웃마을에서 자랐다. 신부의 어머니와 신랑의 어머니는 초등학교와 여고를 함께 다녔고, 가깝게 지냈기 때문에 왕래가 잦았다. K양은 총명할 뿐 아니라 예쁘기까지 해서 어릴 때부터 시어머니가 찍어둔 며느리였다. 이 신혼부부는 금슬도 좋았고 행복하게 살고 있었다.

그런데 난데없이 뒷산에서 정사를 시도했다. 정사는 서로 사랑하는 남녀가 그 뜻을 이루지 못할 때 함께 자살을 시도하는 것이다. 아무래도 상황이 석연치 않았다. 그래서 경찰이 내게 부검을 의뢰해왔다.

겉모습만으로는 신부가 자기 머플러로 목이 졸려 죽은 것처럼 보였다. 그러나 부검을 해보니 액사(손으로 목이 졸려 죽음)였다. 신랑은 목이 졸려 죽은 신부 옆에서 수면제를 먹고 의식을 잃은 채 쓰러져 있었다. 도무지 앞뒤가 맞지 않는 정황이었다. 무엇보다 신부는 액사였는데 교사로 위장되어 있었다. 또 정사를 시도할 때는 대개 같은 자살 방법을 택한다. 그러니 단지 정사로만 보기에는 무리가 있었다.

이런 상황을 정확하게 파악한 수사관들은 신랑이 의식을 회복한 다음, 날카롭고 집요하게 취조에 들어갔다. 그러자 신랑이 모든 것을 털어놓고 말았다.

며칠 전 K신부가 시부모에게 친정에 다녀오겠다고 인사를 한 다음, 집을 나섰다. 그러나 사실은 K신부가 신랑에게 그 집에서는 살 수 없으니 친정으로 가겠다고 말하고 떠난 것이었다. 그 이유는 이랬다.

시댁에는 시집갔다가 아이를 낳지 못해 소박을 맞고 돌아온 큰시누이가 있었다. 그런데 하필 그녀는 신혼부부의 방 바로 옆방에 기거하게 되었다. 시누이는 밤늦게까지 옆방에서 들려오는 정다운 말소리와 사랑을 나누는 소리에 잠을 이루기 어려웠다. 심술이 난 시누이는 다음 날 아침 신랑이 출근한 뒤, K신부를 불러 앉혀놓고 주의를 주었다. 신부는 신랑에게 이런 사정을 설명하고 밤에 조용히 지내자고 했지만, 신랑은 막무가내였다. 그렇게 몇 개월을 지냈다. 마침내 시누이의 시기심은 극에 달했고, 신부에게 차마 입에 담을 수 없는 욕설까지 퍼부었다.

"자네는 아무래도 혼전에 성 경험이 있었던 게 분명해. 그렇지 않고서야 어찌 신혼 6개월 된 신부가 방사房事 중에 그런 해괴한 소리를 낼 수 있단 말인가? 내가 정숙하게 지낼 것을 그토록 당부했건만, 짐승같이 놀아나고 있으니 내가 밤잠이나 제대로 잘 수 있겠는가!"

그런 일이 되풀이되자 신부는 밤이 두려워졌다. 그러나 신랑은 신부의 입장을 조금도 살피지 않았다. 결국 신부는 신랑의 욕정과 시누이의 시샘 사이에서 견디지 못하고 친정으로 떠나버린 것이다. 그러나 신부는 친정에 가서 차마 이런 이야기를 털어놓지 못했다. 자세한 내막을 모르는 친정 부모는 딸을 데리러 온 신랑에게 딸을 떠밀다시피 하여 시댁으로 돌려보냈다.

신부는 신랑과 함께 집을 나서기는 했지만, 절대로 그 집으로 되돌아 갈 수 없다며 딴살림을 차려 나가자고 했다. 그러나 신랑은 당장 그럴 수 없으니 참으라고만 했다. 그렇게 말다툼을 하는 동안 시댁이 가까워졌다. 신부는 죽어도 이 집에는 들어가지 않겠다고 버텼다. 그 말에 화가 난 신랑은 신부의 멱살을 잡고 집으로 끌고 들어가려 했다. 그러자 신부는 있는 힘을 다해 뿌리치고 산 쪽으로 도망을 갔다. 그 뒤를 신랑이 쫓았다. 얼마쯤 달리다가 신부가 쓰러졌다. 신랑은 신부를 덮쳤고 비명을 지르며 발악하는 신부의 입을 틀어막으며 신부의 목을 졸랐다.

잠시 후 신부는 아무런 저항 없이 조용해졌다. 신랑이 신부를 보니 눈은 위쪽으로 부릅떠져 있었고, 입가에는 흰 거품을 물고 있었다. 당황한 신랑은 인공호흡을 시도하며 소리쳐 사람을 불렀으나 아무도 와주지 않았다. 여러 가지 생각이 주마등처럼 스쳐 지나갔다. 신랑이 맨 먼저 떠올린 사람은 불알친구인 H였다. 신랑은 H에게 찾아가 이 일을 어떻게 처리하면 좋을지 의논했다. H도 신랑의 설명에 당황하지 않을 수 없었지만, 궁리 끝에 '정사로 하자'고 제안했다. 별 뾰족한 수도 없는지라

신랑은 친구인 H의 말을 따랐다.

H는 추리소설을 많이 읽어서 '정사'와 '살인'은 법적인 책임이 다르다는 것과 또 정사로 가장하는 방법까지 알고 있었다. 신랑은 친구인 H가 시키는 대로 죽은 신부가 목에 두르고 있던 머플러로 신부의 목을 졸랐고, 자기는 치사량에 훨씬 못 미치는 다량의 수면제를 먹고 그 옆에 쓰러져 있었다. 그리고는 그 현장을 H가 우연히 지나가다가 발견한 것처럼 꾸몄던 것이다.

위장

국제학회에 가면 특별한 감정 사례를 발표하는 모임이 있다. 그 자리에서 일본의 N교수가 발표했던 사례가 특별히 눈길을 끌었다. 그 줄거리를 소개한다.

일본 동북 지방의 작은 마을에서 일어난 사건이다. 설날이었다. 방직 공장에 다니는 22세의 Y라는 처녀가 옆 마을에 있는 큰어머니 댁에 세배를 간다고 나간 후 행방불명이 되었다. 온 가족과 동네 사람들이 열심히 찾아보았으나 허사였다.

한 달쯤 지난 어느 날, 사냥하러 나간 청년들이 산속에서 여자 시체를 발견했다. Y양이었다. 시신이 발견된 장소는 Y양의 집에서 약 20킬로미터쯤 떨어진 외딴 산속이었다. 평상시에는 사람의 통행이 전혀 없는 곳이었다. 시체는 눈에 반쯤 파묻혀 동태처럼 얼어 있었기 때문에 전혀 손상이 되지 않은 상태였다.

목은 여자용 머플러로 감겨져 있었고, 오른손은 주먹을 쥔 채 위쪽으로, 왼손은 아래쪽으로 내려져 있었다. 하의는 반쯤 벗겨져 있었으며, 좌우 무릎은 'ㄱ'자로 구부러져 있었다. 누가 보아도 강간으로 희생된 것임을 쉽게 연상할 수 있는 자세였다. N교수가 부검을 실시했다. 사인은 겉모습 그대로 머플러로 목이 졸려 질식했고, Y양의 속옷과 질에서는 정액이 검출되었다. 전형적인 강간치사 사건으로 보였다.

부검이 끝날 무렵, 단단히 굳어 있던 Y양의 시체가 풀리기 시작했다. 양손의 주먹을 겨우 펴볼 수 있었는데 오른손에는 일곱 가닥의 모발이, 왼손에는 아무것도 없었다. 또 Y양의 음모를 빗질해 자연 탈락된 음모들을 채취하고, 대조용으로 쓸 음모도 채취했다.

강간사건에서 음모를 빗질해 자연 탈락된 음모를 채취하는 일은 매우 중요하다. 강간할 때 가해자와 피해자의 음모가 접촉하게 되는데, 이때 가해자의 음모가 피해자의 음모에 섞인다. 그래서 피해자의 음모를 빗질하면 가해자의 것이, 또 가해자의 음모를 빗질하면 피해자의 것이 빗겨져 나온다. 그런데 Y양의 시체에서는 다른 사람의 음모가 나오지 않았다.

또 하나 이상했던 것은 Y양의 오른손에 쥐고 있던 일곱 가닥의 머리카락이었다. 네 가닥은 길이가 17~20센티미터였고, 세 가닥은 7센티미터 이하였으며 파마를 한 흔적이 있었다. 길이나 파마를 한 것으로 봐서 여자의 머리카락으로 보였다. 그러나 남자들도 머리카락을 기르고 파마도 하기 때문에 이것만으로 여자의 머리카락이라고 단정 지을 수는 없었다.

수사진에서는 30명쯤 되는 남자를 용의자 목록에 올리고 수사 중이었다. 특히 Y양이 다니던 공장의 작업조 조장인 H청년이 유력한 용의자였다. 두 사람은 서로 사랑하는 사이였기 때문이다. 그러나 H청년의 혈액형은 Y양에게서 채취한 정액의 혈액형과 달랐다. 그리고 H청년의 알리바이도 분명했다. H청년은 이미 그믐날에 고향으로 돌아갔으며, 설날에는 친척들과 함께 하루 종일 집에서 지냈다는 것이 확인되었다.

수사는 혼선을 거듭했다. 그러다가 H청년과 Y양, M양이 삼각관계였다는 사실을 알게 되었다. 수사관들은 M양도 용의선상에 올리고 수사를 했다. 강간사건이기는 하지만, Y양의 오른손에 여자 머리카락으로 보이는 것이 발견되었기 때문이다. 그러나 M양은 범행을 완강히 부인했다. 수사관들은 M양에게 자신의 머리카락을 자진해서 제공해달라고 했다. 그렇게 구한 머리카락을 검사해봤더니, Y양이 손에 쥐고 있던 것과 같은 머리카락이라는 사실이 밝혀졌다. 모발의 구조, 파마한 흔적, 혈액형 등이 일치했다.

이런 법의학적인 증거를 바탕으로 수사관은 M양을 추궁해서 범행 일체를 자백받았다.

H청년은 미남인 데다 공장에서 신임을 받고 있었으며, 여직공들 사이에 인기가 매우 높았다. H청년은 2년 전 여름휴가를 갔다가 M양과 친해졌다. 그 후 두 사람은 육체관계를 가지는 사이로 발전했다. 그런데 약 1년 전에 Y양이 공장에 들어왔다. Y양의 미모가 워낙 대단해서 모든 남자 직원들에게 선망의 대상이 되었다. 그런데 3개월쯤 전부터 Y양은 H청년이 조장으로 있는 작업조에 들어가게 되었다. 그리고 얼마 지나지 않아 두 사람의 관계는 급속도로 가까워졌고, 뜨거운 관계로까지 발

전하게 되었다. 이런 사실을 눈치챈 M양은 H청년의 마음을 돌리려고 애써보았지만 마음대로 되지 않았다. 그래서 M양은 Y양을 제거하기로 마음먹었다. Y양이 없어지고 나면 H청년이 자신에게 돌아오리라고 생각했던 것이다.

M양은 Y양을 살해한 다음, 강간사건으로 위장할 계획을 세웠다. 그러기 위해서는 남자의 정액이 필요했다. 그래서 M양은 Y양을 죽이기 전날, 평소에 자기를 따라다니던 남자를 유혹해서 동침했다. 그때 남자가 사용한 콘돔을 챙겼는데, Y양을 살해한 다음 그녀의 질 안에 정액을 남겨두기 위해서였다. 그런 다음 설날에 Y양에게 연락해서 만나자고 했다. 자신은 아직도 H청년을 포기할 수 없지만, Y양에 대한 H청년의 마음을 도저히 돌릴 수 없다는 것을 알게 되었다. 자신은 모든 것을 다 청산하기로 했다. 마지막으로 한 번 더 확인하고 싶으니 셋이서 만나자고 H에게 말했다. 그랬더니 그가 승낙했다. "지금 H가 저쪽 산모퉁이에 와서 기다리고 있다. 그러니 자기와 함께 가자"고 했다. 그렇게 Y양을 꾀어 산속으로 데리고 가서는 머플러로 목을 졸라 죽인 것이다.

알리바이

살해당한 시체를 감정한 두 의사의 사망추정 시간이 달랐다. 한 의사에 따르면 집안사람에게 혐의를 두어야 하고, 다른 의사에 따르면 외부인의 소행으로 봐야 했다. 경찰에서는 내게 어느 쪽이 옳은지 자문을 구해왔다. 나는 서류를 검토해보고 사망 시간을 추정해주었다. 그런 뒤 곧 범인이 잡혔다.

어느 무더운 여름날, 신혼부부인 K 씨 집에서 부인이 살해되었다. K씨의 가정은 두부공장을 운영하면서 비교적 넉넉한 생활을 하고 있었다. 부부는 중매결혼을 했지만 금슬이 좋아 보였다고 한다.

K씨는 그날도 평상시처럼 저녁 7시경에 공장 문을 닫고 부인과 함께 저녁을 먹었다. 식사를 마치고 부인은 목욕탕에 다녀와서 8시쯤 일찍 잠이 들었다. K씨는 부인이 돌아오는 것을 보고는 곧 수금을 하러 집을

나섰다. 돌아오는 길에 집에서 300미터쯤 떨어져 있는 사촌형 집에 들러서 맥주를 한 병 마셨다. 집에 도착했을 때가 11시쯤이었다. 잠겨 있던 공장 문은 부서져 있었고, 집 안은 강도가 든 것처럼 엉망으로 어질러져 있었다. 부인은 살해된 상태였다. 장롱에 넣어두었던 현금 10만 원과 금반지, 목걸이도 없어졌다.

이것이 K씨가 경찰에 신고한 다음, 진술한 내용이었다. 다음 날 아침 8시경에 A의사가 검시를 했다. 사인은 교살, 사망추정 시간은 검시 시간에서 11~12시간 전, 그러니까 전날 저녁 8~9시경이었다.

그 후 B의사가 다시 부검을 했다. B의사 역시 사인은 교살이었다. 그러나 사망추정 시간은 달랐다. 부인은 식사 후 3~4시간이 지나 사망했다. 7시에 식사를 했으니 10~11시경이었다.

수사는 계속되었으나 범인은 오리무중이었다. 수사관들은 외부인의 범행이라는 의견과 내부인의 범행이라는 의견으로 갈려 있었다.

만일 B의사의 의견대로 사망추정 시간이 10~11시라면 남편인 K씨에게 혐의를 둘 수 없다. 그러나 8~9시 사이라면 부인이 목욕탕에서 돌아온 직후, 또는 K씨가 집을 나가기 직전이다. 그렇게 되면 K씨는 유력한 용의자가 된다. K씨를 유력한 용의자로 보는 수사관은 A의사의 판단을 지지하고, 외부인의 범행으로 보는 수사관은 B의사의 판단을 지지하고 있었다. 이런 상태에서 한 달 넘게 수사가 진행되었지만, 범인은 잡히지 않았다.

어느 날 수사관들은 A의사와 B의사가 제출한 감정서를 들고 나를 찾아와서는 내게 재감정을 의뢰했다.

A의사는 검안만 했기 때문에 직장 내 체온을 쟀다. 30도였다. 여름에

3장 지능적인 사건의 전말

는 사후 1시간마다 0.6도씩 체온이 내려가는 것으로 보고 사망 시간을 추정했다. 정상인의 체온인 37도에서 30도를 빼면 7℃다. 이를 0.6으로 나누면 11.66이 된다. 그러니까 11~12시간 전이 사망추정 시간이 된다. A의사는 다음 날 8시에 검안했으니, 그 전날 밤 8~9시 사이에 사망했다고 추정할 수 있다.

부검을 한 B의사는 위에 남아 있던 내용물을 기준으로 사망 시간을 추정했다. 위의 반 정도가 반유동성인 내용물로 채워져 있었고, 채소류는 그대로였다. 이런 소화 상태로 보아 식후 3~4시간 뒤에 사망한 것으로 보았다. 그러면 밤 10~11시 사이가 된다.

A의사는 지방 공의로 다년간 검시 경험이 있었고, B의사는 부검을 주로 하는 공의였다. 두 의사의 의견은 모두 나름대로 근거가 있는 것이었다.

사후 체온의 강하 속도도 그렇지만 위 내용물의 소화 상태도 개인적인 조건에 따라 차이가 많이 난다. 직장 체온에서 사후경과 시간을 산출하는 공식은 이렇다. 정상인의 체온인 37도에서 그 당시의 직장 체온을 뺀 수치를 0.83으로 나눈다. 그래서 얻은 값에 여름이면 1.4, 겨울이면 0.7을 곱한다. 그러면 비교적 정확하게 사후경과 시간이 산출된다. 이 경우에는 11.8이라는 수치가 나온다.

위 내용물의 소화는 섭취한 음식의 종류, 위장계 질병의 유무, 정신 상태, 활동 및 수면 상태 등에 따라 많은 차이가 난다. 감정서에는 반유 동성의 내용물이 위에 반 정도 있었으며, 채소류는 그대로였다는 점으로 봐서 식후 3~4시간으로 볼 수 있다는 의견이었다. 그러나 K씨의 진술에 따르면, 저녁 식사로 수제비를 먹었다. 밀가루 음식은 쌀밥보다 소화가 빠르다. B의사의 판단대로 반유동성일 정도로 음식물이 소화되려면 3~4시간 정도가 지나야 한다. 그러나 섭취한 음식물이 밀가루 음식이라는 점, 그리고 위의 반 정도를 차지할 정도로 섭취한 음식물이 위에 머물러 있다는 사실은 3~4시간보다는 훨씬 짧은 시간이라고 봐야 할 것 같았다. 말하자면 식후 1~2시간으로 보는 것이 더 합리적이다. 그러면 직장 체온으로 추정한 사망 시간과 일치한다. 나는 이렇게 내린 결론을 수사관에게 통보했다.

그 후 들리는 바로는 남편 K씨가 범행을 자백했다고 한다. 혼전에 사랑하던 여자가 따로 있었는데 결혼 뒤 삼각관계로 발전했다. 마침내 K씨는 부인을 살해하기로 결심하고 실행에 옮기면서 집 안에 강도가 든 것처럼 위장했다는 것이다. 한편으로 자신이 의심받지 않도록 알리바이를 만들기 위해, 수금을 다니고 돌아오는 길에 일부러 사촌형 집에 들러 맥주를 마신 것이었다.

짝사랑의 비극

자동차가 많이 보급되면서 차 안에서 범죄가 일어나기도 하고, 자동차가 범죄를 은닉하는 수단으로 쓰이기도 한다. 피해자가 차량으로 운반되어 은폐되는 경우, 사건 발생지에서 먼 거리로 옮겨지기 때문에 범죄 사실을 입증하기가 더욱 어렵게 된다.

짝사랑하던 청년이 상대방 여인을 차로 납치·살해한 후 은폐한 것을 법의감식으로 밝혀낸 감정 사례를 하나 소개하겠다.

작은 포구 도시에서 일어난 사건이다.

해변의 벤치에는 한 쌍의 남녀가 속삭이고 있었다. 뭐 그리 할 이야기가 많은지 부근의 행상이 다 돌아간 뒤에도 좀처럼 일어날 줄을 몰랐다. 그런데 이들을 죽 지켜보고 있는 한 청년이 있었다.

데이트를 즐기는 이들은 25세 된 G라는 청년과 22세 된 S라는 아가

141

씌었다. G는 이곳에서 10킬로미터쯤 떨어져 있는 이웃 도시에서 M산 업회사를 다니는 엘리트 사원이었다. 두 사람은 약혼한 사이로, 이들은 다음 달에 결혼식을 올리기로 되어 있었다.

이들 뒤를 그림자처럼 따라다니며 질투 어린 눈으로 지켜보고 있던 24세 된 사나이는 이웃 마을 전자기계 회사의 판매원 K로, 벌써 몇 달째 S양을 쫓아다니고 있었다.

그러나 S양은 K군을 거들떠보지도 않았다. 그러는 사이에 S양은 친 척의 소개로 선을 보았고, 양가의 합의로 약혼까지 했다. 그 사실을 K군 도 알게 되었다. 그러나 K군은 어떻게 해서든 S양을 자기 사람으로 만 들어야겠다고 결심하고는 계속 뒤를 따라다닌 것이다.

밤이 늦어서야 G군은 S양을 집까지 바래다주고 돌아갔다. 이들을 뒤 쫓던 K군의 머리에 무서운 생각이 번개같이 떠올랐다. 이를 악문 K청 년은 회사로 달려가 차를 몰고 S양의 집으로 가서 문을 두드렸다.

S양의 어머니가 나왔다.

"저는 G군의 친구인데요. 이웃 도시에 갔다가 돌아오는 길에 자동차 사고가 난 것을 봤습니다. 그런데 부상당해 차에 실리는 사람이 G군 같 아서 가까이 가봤는데, G군이었습니다. G군이 S양에게 이 사실을 알려 달라기에 달려왔습니다."

"그래, G군은 어느 병원에 있나요?"

"H병원으로 운반되었는데 중태인 것 같습니다. 혹시 S양이 가겠다 고 한다면 제 차로 데려다주겠습니다."

S양의 어머니는 잠자리에 들려고 세수하고 있던 S양에게 이 사실을 알렸다. S양은 허겁지겁 옷을 다시 갈아입고 뛰어나왔다. 그런데 이상

하게도 K청년이 서 있었다. 좀 수상하다고 생각했지만, 약혼자가 위태로운 지경이라니 그대로 따라나섰다.

S양의 어머니가 조심하라는 말도 채 끝내기 전에 S양을 태운 차는 급히 떠나버렸다. S양의 어머니는 마음 한구석에 뭔가 불안한 먹구름이 끼는 것을 느꼈으나, 사위가 될 사람이 위태롭다니 딸을 보내지 않을 수 없었다. 황급히 나오느라 머리도 채 빗지 못하고 차에 탄 S양은 젖은 긴 머리를 손으로 정돈하며 K에게 물었다.

"생명에는 지장이 없을 정도인가요? 얼마나 다쳤나요?"

K가 떨리는 목소리로 대답했다.

"가보면 알 것이니, 자꾸 말 붙이지 말아요! 속도를 내야 하니까."

딱 잘라 말하는 K의 대답에 S양은 다시 물어볼 용기가 나지 않아 잠자코 G가 무사하기만을 빌며 차창 밖을 보고 있었다. S양이 정신을 가다듬고 보니, 차는 H병원과는 반대 방향인 산 쪽을 향해 달리고 있었다.

"H병원으로 가는 길이 아니잖아요?"

"지름길로 가야 하니, 귀찮게 굴지 말고 가만히 있어요!"

차는 인기척이 전혀 없는 산속에 다다랐다.

"자, 내려요!"

그제야 S양은 자신이 속은 것을 깨달았다. 그러나 때는 이미 늦었다.

K의 억센 팔뚝이 S양의 허리를 감아쥐고 차에서 끌어내렸다.

"오늘 너희들이 만나는 것을 내가 다 봤어. 나하고도 좀 놀아보자!"

S양은 완강히 저항했다. 그러나 K의 주먹이 S양의 옆구리를 사정없이 구타하는 바람에 그만 실신하고 말았다. 잠시 후 정신을 차린 S양은 있는 힘을 다해 몸부림을 치며 K에게 저항했다. 그러나 S양 위에 올라

탄 K는 손바닥으로 S양의 목을 눌렀다. S양은 조용해졌고 입에 흰 거품을 물고는 숨을 쉬지 않았다.

놀란 K는 열심히 인공호흡을 해보았으나 헛수고였다. K는 주위에 파묻을 것을 결심하고, 마땅한 장소를 물색했다. 약 50미터 떨어진 곳에 작은 구덩이가 있는 것을 발견했다. K는 차 트렁크에 S양을 싣고는 그곳까지 가서 구덩이에 묻고는 흙으로 덮었다. 그러고 나서 K는 뒤도 돌아보지 않고 허겁지겁 집으로 돌아왔다.

한편 S양의 집에서는 새벽이 되어도 아무런 연락이 없자, 여기저기로 전화를 했다. H병원에 자동차 사고 환자에 대해 문의해봤지만 G군은 없다고 했다. 결국 G군의 집에 연락을 했지만 역시 그런 사실이 없었음이 확인되었다. S양의 부모는 그제야 이 사실을 경찰에 신고했다.

경찰 수사가 시작되었다. 물론 K군을 수배해 찾아냈지만, 자기는 전혀 모르는 일이라며 강력히 범행을 부인했다. 하지만 경찰은 그날 저녁 K군의 행적을 조사했다. 그 결과, K가 회사 차를 몰고 나가는 것을 목격한 사람을 찾아냈다. 또 S양의 어머니와 대질심문도 했다. 그리고 차를 몰고 돌아온 것을 목격한 사람 등의 증언도 확보했다. 이제 K는 더 이상 범행을 부인할 수 없게 되어버렸다.

그러자 K는 S양을 납치해 폭행한 사실까지는 인정했다. 그러나 S양을 집에 데려다주려 했으나 도망쳐버렸고, 아무리 찾아도 없기에 자기도 그냥 돌아왔다고 했다.

수사진에서는 S양이 폭행당한 것이 수치스러워 자살했을 가능성도 있다고 보고, 그 주변과 바닷가를 샅샅이 수색했다. 그러나 아무것도 발견하지 못했고, 며칠이 지나도 S양은 돌아오지 않았다.

수사진은 범행에 쓰인 차를 다시 조사했다. S양이 탔던 자동차의 시트에서 유난히 긴 머리카락이 나왔다. 트렁크에서도 길이 50센티미터쯤 되는 긴 머리카락이 나왔다.

수사진은 K가 S양을 트렁크 안에 실었다는 사실을 알아냈고, 그 사실을 바탕으로 K를 추궁한 끝에 범행 일체를 자백받았다.

분별없는 짝사랑, 걷잡을 수 없는 질투와 분노가 몰고온 비극적인 종말이었다. 교묘히 은폐된 범죄가 S양의 긴 모발로 인해 밝혀진 사건이었다.

마지막 선심

우리 주변에는 충격적인 사건이 너무 많이 일어난다. 그중에서도 마유미라는 북한 공작원이 남자 공작원과 더불어 한국 항공기를 폭파시켜 많은 생명을 앗아간 사건이 있었다. 이 사건은 한국에서만이 아니라 온 세계 사람들의 분노를 샀다.

사건이 발각되자 남자 공작원은 자살했는데, 마유미는 살아남았다. 그 당시 이 문제는 모두의 관심거리였다. 사건 직후의 신문보도에 따르면, 이들 남녀 공작원은 담배 필터 속에 숨겨서 가지고 다니던 독약을 마셨다. 곧바로 병원으로 옮겼으나 남자는 이미 현장에서 죽었고, 여자는 치료한 결과 살아났다고 했다. 또 그 후의 자세한 보도에 따르면, 치료를 별로 하지 않았는데 살아난 것으로 봐서 마유미는 독약을 먹지 않고 먹는 시늉만 한 것 같다고도 했다.

치료 후 마유미는 한국으로 송환되었다. 그리고 사람들이 자유롭게 살아가는 모습을 보고 심경의 변화를 일으켜 모든 것을 털어놓았다. 이로써 저들의 범죄가 세상에 밝혀지게 되었다. 또 남자 공작원의 시체도 부검해, 무엇으로 어떻게 자살했는지도 알게 되었다.

이들이 담배 필터에 숨겨서 가지고 다니던 독약은 액상 청산이다. 그것도 상당한 압력이 가해진 상태이기 때문에 이를 입안에 넣고 깨물면, 터지면서 청산이 튀어나와 흡입하게 된다. 결국 질식과 중독의 두 가지 기전이 동시에 작용해 순식간에 죽음을 맞이하게 되는 자살용 장치인 것이다.

그런데 남자 공작원은 각본대로 성공했는데 마유미가 시도한 자살용 장치는 압력이 떨어진 것을 사용했는지, 그렇지 않으면 불발이었는지 확실치 않으나 치사량의 청산이 몸에 작용하지 않아 살아남았다. 결국 살아남았기 때문에 모든 범죄가 밝혀졌다. 만일 각본대로 죽었다면, 아직도 이 사건의 진실은 제대로 알려지지 못했을 것이다. 그녀가 죽지 않은 것은 하느님의 마지막 선심이었는지도 모르겠다.

마유미에 대한 텔레비전 보도를 보면서 나는 이런 복잡한 생각과 함께 과거에 취급했던 청산중독 사건이 떠올랐다. 청산은 맹독성의 독물로서 그 중독 작용의 기전에 대해서는 학설이 구구하다. 즉 혈액독, 효소독 또는 호흡중추 마비 등 여러 설이 있다. 또 청산의 치사량은 50~100밀리그램이고, 청산칼륨의 경우는 150~300밀리그램이다. 섭취 후 사망에 이르기까지 빠르면 2분, 늦으면 30분 후에 사망한다. 드물지만 죽기까지 아주 많은 시간이 걸리는 경우도 있는데, 15시간 후에 사망했다는 보고도 있다. 그러나 대개는 2~10분 정도면 사망한다.

청산을 먹거나 흡입하면 수초 내지 1분 전후에 증상을 보이는데 실신, 경련, 호흡마비 등이 나타난다. 이러한 중독 증상은 실제로 경험한 수사관의 이야기를 들으면 더욱 실감날 것이다.

한때 천재적인 수사관으로 유명했던 '셰퍼드'라는 별명을 가진 Z수사관이 경험한 사건이다.

부부싸움을 자주하던 어떤 도금공장의 주인 K씨가 공장에서 변사체로 발견되었다. 부인은 죽기 전날 부부싸움을 한 뒤 집을 나가버렸고, K씨는 밤새 혼자 공장에 남아 술을 마셨다. 그런데 아침에 공원들이 출근해보니 죽어 있더라는 것이었다.

현장검증을 하던 Z수사관은 K씨가 앉아서 술을 마시던 의자 옆에서 흰색 가루약을 발견했다. 공원들에게 그것이 무엇이냐고 물었더니, 도금에 쓰이는 '싸이나'(청산염의 속칭)라고 했다. Z수사관은 혹시 이것을 먹고 죽은 게 아닌가 하는 생각이 들었다. 항간에는 꿩을 잡는 데 쓴다고 알려져 있는데, 콩에 구멍을 낸 다음 싸이나를 넣고 뿌려두면 그 콩을 먹은 꿩이 날아오르다가 그대로 떨어져 죽는다는 것이었다.

Z수사관은 그 약이 어떤 맛인가 알아둘 겸, 새끼손가락 끝으로 찍어 혀끝에 살짝 대보았다. 그 순간 Z수사관은 자신의 목을 두 손으로 쥐고 비틀거렸다. 구역질이 났고 소리를 질러보려고 했지만, 소리가 되어 나오지 않았다. 물로 입안을 씻고 곧 병원으로 가 치료를 받았으나 다음 날까지 머리가 아팠다.

나는 Z수사관에게 혀에 청산염을 대어보니 어떻더냐고 물어보았다. 그는 혀끝에 그것을 대는 순간 몽둥이로 머리를 얻어맞은 것 같았고, 곧 쓰러질 것 같은 느낌이 들었다고 했다.

아마 마유미도 비록 치사량에는 미달했으나, 청산이 입에 닿는 순간 몽둥이로 얻어맞은 듯한 느낌을 받았을 것이고, 그 때문에 실신했을 것이다. 그러나 치사량에는 못 미치는 양이 흡수되어 살아난 게 아닌가 싶다.

청산중독과 관련된 사건으로 또 하나 기억나는 것이 있다.

여관에서 중년 남자의 변사체가 발견되어 부검을 했다. 종업원의 말에 따르면, 그 전날 혼자 투숙한 중년 남자가 저녁을 먹겠다고 나가서는 어떤 여자와 함께 밤늦게 들어왔다고 했다. 그런데 여자의 옷차림이나 표정으로 볼 때 술집 작부 같았다며, 통행금지 시간이 해제되자마자 여관을 나갔다고 했다. 남자는 점심때가 되어도 기척이 없기에 종업원이 들여다보니 죽어 있었다고 했다. 그래서 경찰에 신고한 것이었다.

방에서는 사건 해결에 도움이 될 만한 어떤 것도 찾을 수가 없었다. 시체에도 저항한 흔적이나 외상이 전혀 없었다. 다만 시체 옆에는 맥주병 두 개와 주전자와 컵 세 개가 나란히 놓여 있었다. 컵은 모두 비어 있었다. 시체를 부검해보았더니 사인은 청산염 중독이었다. 이제 자기가 직접 먹었는지, 아니면 동숙한 여인이 그랬는지 조사를 해봐야 했다.

그런데 그 남자의 지갑에는 돈이 하나도 남아 있지 않았고, 손목에도 시계 자국만 남아 있을 뿐 어디에도 시계는 보이지 않았다. 수사관들은 밤늦게 함께 여관에 왔던 여인이 청산을 먹이고 돈과 귀금속을 털어간 게 아닌지 의심했다. 그러나 나는 자살일 거라고 생각했다. 청산염을 사용해서 타살하는 경우에는 대개 먹다 남은 커피나 주스가 거의 그대로 남아 있다. 한 모금 마시고 나면 더 먹을 수 없기 때문이다. 그러나 자살할 때는 이미 각오한 일이기 때문에 컵의 내용물을 거의 다 비운다. 남는다고 해도 밑바닥에 조금 남기는 정도다. 그동안 내가 보아온 청산염

자살사건은 모두가 그랬다.

경찰은 방 안에 남아 있던 술집 성냥갑으로 전날 함께 지낸 그 여인을 찾아서 조사를 해보았다. 상황 설명을 다 들은 여인은 아주 태연자약했다.

"그 사람이 죽기 전에 마지막 선심을 쓴 것이군요. 기분이 좋다고 하면서, 지갑 안에 있던 돈을 모두 털어주고는 그것도 부족했는지 차고 있던 시계까지 가지라고 주더군요."

남자는 이 세상에서의 마지막 선심을 쓰고 저 세상으로 떠난 것이었다.

4장

어처구니없는 사건

———

흑인의 손톱

"사람을 죽일 생각은 전혀 없었습니다. 잠시 후 그 여자가 반항하기에 다시 반항하지 못하게 하려고 손으로 목을 눌렀을 뿐입니다. 그런데 여자가 거품을 물고 눈은 흰자위만 보이기에…. 여자를 그대로 버려두고 도망쳤습니다. 정말 여자가 죽은 줄은 몰랐습니다."

이것은 어느 강간범이 수사관에게 진술한 내용의 일부다.

대부분의 강간범은 강간할 때 상대가 반항하지 못하도록 머리를 강타하거나 등을 쳐서 실신시킨다. 말하자면 상대를 항거 불능 상태로 만든 다음 강간한다. 문제는 그다음인데, 두 가지 경우가 있다. 하나는 실신 상태에서 깨어나지 못해서 아무 반응이 없는 경우, 다른 하나는 강간당하는 도중에 의식이 회복되어 반항하는 경우다. 이때 전자의 경우에는 피해자가 살해당하는 일이 거의 생기지 않는다. 그러나 후자의 경우에는 대개 피살당한다. 그 이유는 앞서 이야기한 바와 같이 가해자가 살해하려는 의도를 가졌다기보다는 피해자가 죽기 쉬운 상태에 놓여 있기 때문이다.

강간범이 강간하고 있을 때, 피해자가 의식을 회복해 완강히 반항하기 시작하면 가해자는 대개 피해자를 다시 항거 불능 상태로 만들기 위해 손바닥으로 피해자의 목을 누르는 것이 보통이다. 이미 가해자의 체중이 피해자의 복부를 압박하고 있는 상태에서 목을 누르는 것이어서 피해자는 빠르게 질식된다. 따라서 가해자가 피해자를 죽이려는 것이 아니라, 단지 저항을 막으려고 하는 경우라고 해도 피해자는 액사당하는 경우가 많다. 이때 액사당한 시체의 목에서는 가해자의 손톱이 만든 반달 모양의 표피 박탈을 볼 수 있다.

내가 다뤘던 서울 근교의 강간치사 사건에서 사인은 거의 대부분이 액사였다. 따라서 여자의 시체 목덜미에 반달 모양의 표피 박탈이 있어 액사가 의심된다면 일단은 강간치사 여부를 확인해야 한다. 이렇게 강간치사와 목에 난 손톱자국에는 밀접한 관계가 있는데 이와 관련된, 그냥 웃고 넘길 수 없는 사건의 뒷이야기가 있다.

모 미군 부대 뒷산에서 30대 여인의 변사체가 발견되었다. 경찰은 수사에 나서는 한편, 시체를 부검해 사인을 구명하기 위해 노력했다. 발견 당시 피해자는 하반신이 완전히 노출되어 있었고, 두 다리는 'ㄱ' 자로 구부러져 있어 한눈에도 강간치사 사건임을 알 수 있었다. 목덜미에는 반달 모양의 손톱자국이 있는 것으로 보아 전형적인 액사였다. 게다가 엉덩이 부분을 비롯한 몸 뒤쪽에 많은 찰과상이 있었다. 부검을 담당했던 K의사는 모든 증거가 강간치사 사건임을 말해주고 있다고 했다. 따라서 강간을 확인하고 가해자의 혈액형을 알아내기 위해 질의 내용물을 채취해 검사했다. 질의 내용물에는 많은 정자가 있었고, 피해자의 혈액형은 O형인 반면 질의 내용물은 A형이었다. 이것은 강간범의 혈액형이 A형이라는 뜻이다. 그러고 나서 얼마 후, 범인에 대한 제보가 접수되었다. 제보자는 R이라는 미군 위안부였다. 그에 따르면, 자기에게 몇 번 다녀간 J라는 흑인 병사가 있는데, 성품이 몹시 포악하고 변태적인 성행위자여서 위안부들 사이에 소문이 파다하다고 했다. J병사가 하루는 R위안부에게 와서 머무는 동안 술을 마셔 만취가 되었다. 그런 상태에서 자기가 여자를 강간하고 죽였다고 말했다. 그러면서 자기는 절대로 그 여자를 죽일 생각은 없었다고 했다는 것이다. 아마 살인에 대한 양심의 가책으로 괴롭기는 했던 모양이다.

경찰은 미군 헌병의 도움을 받아 J병사를 심문하고, 범인이라는 심증을 굳혔다. J병사는 기소되어 재판이 시작되었다. 재판에는 부검한 K의사가 증인으로 나왔고 J병사의 변호사도 나왔는데, 그는 미국인이었다. 그가 K의사에게 물었다.

"죽은 여인의 목덜미에서 틀림없이 손톱자국이 증명되었나요? 또 정액의 혈액형이 A형이 틀림없나요?"

K의사가 대답했다.

"틀림없이 목덜미에서 액사의 전형적인 소견인 반달 모양의 손톱자국이 있었고, 또 질의 내용물에서 혈액형이 A형인 정액이 증명되었습니다."

그런데 이 말이 끝나자마자 변호인이 벌떡 일어나서 이렇게 말했다.

"재판장님! 그렇다면 범인은 다른 사람입니다. 흑인은 손톱이 자라지 않습니다. 그러니 설사 손으로 목을 누른다고 해도 절대로 표피 박탈은 생기지 않습니다."

이 이야기를 듣고 온 K 의사가 내게 전화를 걸어왔다.

"선생님! 흑인은 손톱이 자라지 않습니까? 그런 이유로 이번 사건에서 J병사가 무죄로 풀려났습니다."

나도 처음 듣는 이야기였다. 흑인의 손톱이 자라는지, 자라지 않는지 한번도 관심을 가져본 적이 없었기 때문이다. 그러나 그런 이유로 해서 흑인 병사가 무죄 방면되었다고 하니, 나로서는 흑인의 손톱은 자라지 않는 것으로 여길 수밖에 없었다.

그로부터 몇 년이 흘러, 미국에서 흑인을 부검할 기회가 있었다. 부검을 마치고 동석했던 흑인 의사에게 물었다.

"흑인은 손톱이 자라지 않는다면서요?"

그 흑인 의사는 말도 안 되는 질문을 한다는 표정으로 대답했다.

"흑인도 사람인데 왜 손톱이 자라지 않겠습니까? 왜 그런 질문을 하나요?"

나는 혹시라도 그가 인종적인 편견으로 받아들일까봐 한국에서 있었던 일을 열심히 설명했다. 그 흑인 의사는 다 듣고 나더니 웃으면서 말했다.

"그 변호사가 거짓말을 한 겁니다. 미국 변호사들이 모두 정직하게 변론하는 것은 아닙니다."

그 당시만 해도 한국에서는 외국인을 보기 어려웠고, 그들에 대해 아는 것이 너무 적었다. 그래서 일어날 수 있었던 참으로 어처구니없는 일이었다.

형님 대신 제가

오늘날에는 상상도 할 수 없는 어처구니없는 일로 형수를 죽게 만든 일이 있었다. 형님을 너무나 존경하고 아낀 나머지 그런 일이 생긴 것이다.

강원도 산간벽지의 작은 마을에 사이좋은 형제가 살았다. 그런데 두 사람 모두 서른이 넘도록 장가를 들지 못했다. 그런 딱한 사정을 잘 아는 부락 주민이 주선해서 형이 먼저 장가를 들었다. 형수를 맞은 동생은 형보다 더 형수를 떠받들었다. 그러던 어느 날 형수에게 태기가 있음을 알게 되었고, 두 형제는 더욱더 알뜰히 형수를 위했다.

세월이 지나 해산 날이 가까워졌다. 두 형제는 그날도 밭에 나가 일을 하고 있었는데, 동네 아주머니가 허겁지겁 달려왔다. 형수가 갑자기 배가 아프다고 하는데 위급한 증상으로 보인다는 것이었다. 소스라치게 놀란 형제는 황급히 뛰어가 형수를 읍내 병원으로 옮겼다. 그러나 그 병원의 의사는 시설이 미비한 작은 병원에서 다룰 수 있는 병이 아니라며 서울에 있는 큰 병원으로 데려가라고 했다. 두 형제는 동분서주하며 온갖 수단과 방법을 강구해서 마침내 서울에 있는 모 종합병원으로 환자를 옮겼다.

응급실에서 진단해본 결과 자궁외임신파열이었다. 빨리 수술을 해야 하는데, 그러기 위해서는 먼저 수혈을 해야 한다고 했다. 의사는 덧붙여 말하기를, 부인과 남편의 혈액형을 검사해서 남편의 피를 이용할 수도 있다며, 그러면 치료비도 좀 절약할 수 있을 것이라고 알려주었다. 남편은 기꺼이 자기 피를 수혈해달라고 했다. 혈액형을 검사해보니 부인은 A형이고, 남편은 O형이었다. 검사실에서는 수혈이 가능하니 채혈실에 가서 채혈을 하라고 일러주었다. 그러고는 혈액형이 O형이라는 검사 결과표를 남편에게 주었다.

형이 검사 결과표를 들고 채혈실로 가는데, 복도에서 기다리고 있던 동생이 형에게 어딜 가느냐고 물었다. 형이 자신의 피를 뽑아 형수에게 주사하러 간다고 대답하자, 형님은 몸도 약한데 자기가 대신 뽑겠다며 형의 검사결과표를 재빨리 빼앗아들고는 채혈실로 갔다. 채혈실의 기사는 아무런 의심 없이 동생에게서 채혈을 했다. 그러고는 채혈된 피에 혈액형은 O형이라고 표시하고는 그 혈액을 수술실로 보냈다. 그 피는 환자에게 수혈되었고, 수술은 성공적이었다. 그런데 수술을 받은 환자가 죽고 말았다.

수술한 의사들은 당황스러웠다. 환자가 사망할 이유가 아무것도 없었기 때문이다. 그래서 찬찬히 되짚어가며 원인을 찾아보았지만, 사인이 될 만한 것을 찾을 수 없었다. 남은 방법은 한 가지뿐이었다. 부검을 통해 사인을 구명하는 것이다. 그래서 두 형제에게 부검을 승낙해달라고 했다. 하지만 두 형제는 부검은 절대 할 수 없다며 거절했다. 한 번 죽은 것도 억울한데 두 번 죽일 수 없다는 것이 그 이유였다.

어쩔 수 없이 병원에서는 경찰서에 연락을 했고, 사인을 규명하기 위한 부검을 요청했다. 결국 법원의 영장을 발부받아 부검을 집행하게 되었는데, 내가 이 사건을 담당하게 되었다. 나는 난관임신파열 때문에 수술을 했다면 사인은 실혈失血일 것으로 짐작했다. 그러나 각 장기를 조심스럽게 검사해보았지만 뚜렷한 빈혈 소견이 보이지 않았다. 수술 집도의의 말에 따르면, 복강 내에 약 300밀리리터의 혈액이 고여 있었다고 했다. 그렇다고 해서 수술 후에 출혈이 많았던 것도 아니었다. 그리고 심장혈은 약 100밀리리터가 있었는데, 급사한 경우인 데도 불구하고 응혈괴(굳은 핏덩이)가 유난히 많이 뒤섞여 있었다. 그렇다면 이형수혈이 아니겠는가 싶어 수혈하다 남은 혈액병을 증거물로 줄 것을 요구했다. 그러나 혈액병은 이미 버리고 없었다.

할 수 없이 심장혈을 있는 대로 채혈해 연구실로 돌아왔다. 그리고 곧 검사실로 들어가 심장혈의 혈액을 검사해보았다. 그런데 병원 측에서 알려준 결과와는 달리 혈액형은 AB형이었다. 그러나 남편의 혈액형이 O형이라면 AB형이라 할지라도 수혈이 가능하기 때문에 이형수혈은 아닐 것이라고 생각했다.

조직검사를 해보았다. 그런데 각 장기에서 DIC(범발성혈액응고장애) 소견이 있었고, 특히 신腎에서 급성 세뇨관괴사 소견이 있었다. 그래서 이형수혈일 수 있다는 의심이 더욱 짙어졌다. 그러나 부인의 혈액형이 AB형이라면 누구에게라도 수혈을 받을 수 있기 때문에 이형수혈일 리는 없는 일이었다.

그런데…, 그런데 병원에서는 왜 부인의 혈액형을 A형으로 판단했을까? 내가 검사한 결과, 부인의 혈액형은 AB형이 분명했다. 생각다 못해 남편의 혈액형을 다시 검사해보기로 했다. 며칠 후 형제 두 사람이 내 실험실에 나란히 나타났다. 나는 두 형제에게 출두하게 한 이유를 설명했다. 혹시 수혈이 잘못되어 부인이 사망한 것일지도 몰라서 남편의 혈액형을 다시 검사해보려는 것이라고 말했다. 그러자 설명을 듣고 있던 동생이 입을 열었다.

"사실은 형님 대신 제 피를 뽑았는데…, 우리 형님이 저보다 몸이 약해서….

이 말을 들은 나는 경악하지 않을 수 없었다. 서둘러 두 사람의 혈액형을 검사해본 결과, 형은 틀림없이 O형이었다. 그러나 동생은 B형이었다. 그제야 비로소 부인의 혈액형이 왜 AB형으로 나오는지, 왜 부인이 급사했는지를 알 수 있었다.

검사를 끝낸 후 형제에게 부인이 사망하게 된 것은 형의 피 대신 동생의 피를 수혈했기 때문이라고 설명해주었다. 이 말을 들은 동생은 털썩 주저앉으면서 통곡을 했다.

"지가 우리 형수님을 죽였구만요. 형님은 몸이 약해서 제가 대신 우리 형수님을 위한다는 것이 형수님을 죽게 하다니, 어허허… 이놈도 죽어야 합니다요."

동생이 얼굴을 붉히며 닭똥 같은 눈물을 흘리자 옆에 섰던 형도 울먹거리며 말했다.

"그려, 나와 형수를 위한다는 것이 그만 그 사람을 죽게 했구먼…. 그러나 너의 그 정성을 그 사람은 탓하지 않을 것이여. 그러니 그만하게."

그들 옆에 서 있던 나까지 콧등이 찡해지면서 눈시울이 뜨거워졌다.

까마귀 날자 배 떨어진다

신혼부부가 약국을 열었다. 친절하고 약값도 싼 편이어서 몇 달 지나지 않아 단골도 많이 생겼다. 그러다 보니 병원에서도 고치기 힘든 병을 가진 환자들도 모여들었다.

하루는 오랫동안 간경변증으로 고생하던 K라는 45세 된 남자가 이 약국을 찾아왔다. 이 환자는 이름 있는 병원이나 한의사를 모두 다 찾아다녔고 좋다는 약도 다 써보았지만 별 효험을 보지 못했다. 그러다가 이웃사람에게 용한 약사가 있다는 말을 듣고는 이 약국을 찾았던 것이다. K는 약국에 들어서서 지금까지 자기가 치료받은 과정과 지금의 증상을 설명했다. 그러고는 이제 자기 목숨은 선생님께 달렸으니 제발 병을 고쳐달라고 애원했다.

젊은 약사로서는 자신이 없었지만 환자의 간절한 청을 거절할 수도 없고, 또 마침 간경변증에 좋다는 약도 있었기 때문에 1주일 치의 약을 조제해주었다.

집으로 돌아간 환자는 약을 먹은 뒤 외출하다가 대문간에서 피를 토하며 쓰러졌다. 놀란 가족은 환자를 급히 병원으로 데려갔고, 병원에서는 최선을 다했지만 끝내 죽고 말았다. 병원 의사는 환자 가족들에게 사인이 분명치 않다고 말했다. 환자 가족들은 약사가 약을 잘못 줘서 K가 죽은 것이라고 단정하고 약국으로 몰려가 기물을 부수고 약사 부부를 폭행했다. 그러고 나서 이 약사 부부를 경찰에 고소했다.

사건을 맡은 경찰이 내게 사인을 밝혀달라고 의뢰를 해왔다. 부검을 해보니 예상했던 대로 간은 상당히 경화되어 있었고, 이로 인해 심한 식도정맥류가 형성되어 있었다. K는 이 식도정맥류가 파열되어 사망했던 것이다. 그래서 약사가 준 약이 식도정맥류를 파열시키는 데 어떤 영향을 미쳤는지를 확인하기 위해, 위의 내용물과 먹다 남은 약을 검사해보았다. 약은 그런 원인이 되지 못하는 것이었다. 결국 환자가 식도정맥류 파열을 일으키기 직전에 우연히 약사가 준 약을 복용한 것으로 결론이 났다.

이런 부검 결과를 알게 된 환자 가족들은 약사 부부에게 사과했다. 그러나 한번 실추된 명예를 회복하는 것은 어려운 일이었다. 이 약사 부부는 사람을 죽였다는 누명은 벗었으나, 경제적·정신적 고통을 심하게 겪어야 했다.

이런 일이 생각보다는 많이 일어난다. 병원에서 주사 한 대 맞고 집에 돌아가서 죽었다거나 뺨을 한 대 때렸는데 죽었다거나 하는 경우가 그렇다. 이런 일이 생기면 대개 사망자 가족들은 의사나 약사, 또는 가법

게 한 대 때린 가해자의 잘못으로 죽었다고 판단하고 병원이나 약국, 가해자의 집으로 쳐들어가 기물을 파괴하거나 폭행을 가한다. 이 사람들의 생각은 제 발로 걸어 들어갔던 사람이 주사 한 대로, 또는 약 한 봉지로 죽을 리가 없지 않느냐, 또는 어떻게 사람이 뺨 한 대 맞고 죽을 수 있느냐고 생각하는 것이다. 그러나 상대방의 입장에서 보면 억울하기 짝이 없는 노릇이다. 자기 잘못은 없는데 그대로 당할 수밖에 없으니 얼마나 기가 막히겠는가.

이럴 때 부검을 해보면 대개 다음 세 가지 가운데 한 경우에 해당된다. 첫 번째는 주사나 투약, 폭행 같은 것이 실제 사인이 되는 경우다. 약물을 잘못 투여하거나 지나치게 많은 양을 투여해서, 그리고 폭행의 경우 가해자가 주장하는 정도보다 훨씬 더 강했기 때문에 죽음에 이른 것이다. 두 번째는 환자의 병변이 있는데 그 병변을 악화시킬 수 있는 주사나 투약, 폭행으로 사망하는 경우다. 세 번째는 순전히 환자의 병 때문에 죽는 경우다. 이런 경우는 병이 문제일 때도 있지만, 보통 사람과는 다른 특이체질이기 때문에 죽기도 한다. 예를 들어 흉선임파선 특이체질의 경우는 가볍게 뺨을 한 대 맞고 죽는 경우도 있다. 위의 이야기 속 약사는 세 번째 경우에 해당된다.

메밀꽃을 피해 상경한 남자

시골에서 상경한 K는 H여관에 방을 잡은 뒤, 창경원으로 꽃구경을 하러 나갔다. K는 저녁 때 돌아왔는데 30대로 보이는 젊은 여자와 함께였다. 두 사람은 방에 들어간 뒤에 곧 술과 안주를 시켰다. 종업원은 4홉들이 소주 한 병과 오징어포 두 장을 사다주었다.

이른 아침에 이 젊은 여자가 주인을 찾았다. K가 신음을 하고 있다는 것이었다. 주인과 종업원이 그 방에 갔을 때 K는 거의 숨이 멎어 있었다. 급히 가까운 병원으로 옮겼으나 이미 죽은 상태였다.

함께 투숙했던 30대 여인은 그 전날 창경원에서 알게 된 사이라고 했다. K가 혼자 여관에 머물고 있으니 함께 가서 이야기나 나누자고 해서 따라온 것이라고 했다. 그래서 K의 신분증에 있는 주소로 가족들에게 연락했고, K의 아내와 자식들이 상경했다.

건강하던 K가 갑자기 죽었으니 당연히 무슨 일이 있었는지 추궁하게

되었다. 그러나 이 30대 여인은 술을 마시며 이야기를 나눈 것뿐이라고
했다. 그런 뒤 여인이 잠이 들려고 하는데 이상한 소리가 나기에 불을
켜보니, K가 신음을 하면서 입에 흰 거품을 물고 있더라는 것이다. 수사
당국에서는 사인을 명확하게 규명하기 위해 부검을 의뢰해왔다.

건강했다는 말은 사실이었다. 외관으로 볼 때는 특별한 외상이나 별
다른 이상이 없었다. 부검을 해보았더니 일반적인 급사에서 볼 수 있는
증상이 있었다. 즉, 각 장기에 심한 울혈상이 보였고, 심장 혈액이 유동
성으로 각 점막이나 장막하에 일혈점이 있었다. 그리고 비점막 및 후두
점막에 심한 수종이, 폐에는 심한 기종이 나타났다. 위에는 술 냄새가
나는 내용물이 100밀리리터 정도 남아 있었다. 무엇인가에 의한 중독
사로도 의심이 되는 소견이었다. 그래서 독물검사에 필요한 혈액, 위 내
용물, 오줌 같을 것들을 채취해서 검사를 의뢰했다. 그러나 알코올의 혈
중농도가 0.2퍼센트라는 것뿐, 독물은 전혀 검출되지 않았다. 중독사도
아니었던 것이다. 사인을 알 수 없다고 말할 수밖에 없었다.

법의관의 입장에서는 부검을 하고서도 사인을 알 수 없을 때, 무척이
나 당황스럽다. 그러나 이런 일은 생각보다 자주 일어난다. 주위에서는
복상사가 아니겠느냐, 심장 기능의 장애 때문이 아니겠느냐, 짐작들을
했지만 합리적인 결론은 아니었다. 이런 상황에서 K의 부인과 아들이
연구실을 찾아왔다. 사인이 알고 싶어서 찾아온 것이었다. 그래서 K에
대해 이런저런 질문을 했다. 그러다가 K가 꽃가루에 과민했다는 것을
알게 되었다.

K는 봄에 꽃이 피기 시작하면 콧물이나 눈물을 흘리고, 재채기를 심
하게 하다가 꽃이 지면 나았다. 그러나 이 증상은 해가 갈수록 심해졌

고, 특히 메밀꽃에 심하게 예민해서 메밀꽃 필 무렵이면 아예 다른 곳에서 지낸다고 했다. 이번에도 K는 메밀꽃을 피해 상경했던 것이다. 그런데 K는 메밀꽃만이 아니라 메밀껍질에도 예민했다. 그래서 집에서 쓰는 베개에는 메밀껍질을 넣지 못하고 쌀을 넣어 쓴다고 했다.

'메밀껍질에도 예민하다'는 말을 들으니 짚이는 게 있었다. 여관에 연락해서 K가 쓴 베개를 가져오게 했다. 역시 베개 속에는 메밀껍질이 들어 있었다. 그렇다면 K는 메밀껍질에 의한 과민성 쇼크사일 가능성이 컸다. 그래서 부검 소견들을 종합적으로 다시 검토해보았다. 30대 여인은 '잠이 들려고 하는데 이상한 소리가 났다'고 했다. 그렇다면 K 역시 베개를 베고 잠을 청하느라 시간이 좀 흘렀을 것이고, 바로 그때 과민성 쇼크가 진행되고 있었을 것이다. 결국 K는 메밀꽃을 피해 서울까지 왔지만, 젊은 여인과의 속삭임에 취해 자기가 무엇을 피해 서울까지 올라왔는지 잊어버린 것이다. 그러고는 메밀껍질이 잔뜩 든 베개를 베고 죽음을 맞이한 것이다.

인턴과 약물중독

갑작스런 병이나 예기치 못한 사고로 생명이 위험하다고 느낄 때, 제일 먼저 찾는 곳이 병원의 응급실이다. 그래서 응급실은 24시간 개방되어 있다. 이곳에는 한 치 앞도 내다볼 수 없는 환자들이 오기 때문에 때로는 가슴 조이는 침묵이 흐르고, 인생의 슬픔과 기쁨이 쉴 새 없이 교차한다. 그래서 인턴 의사들이 어려움을 가장 많이 겪는 곳이기도 하다. 또 사회의 이면을 볼 수 있어서 인생 수업을 가장 많이 받는 곳이기도 하다. 응급환자를 치료해서 꺼져가는 목숨을 구하면 애써 공부한 보람을 느끼지만, 밤을 새워 정성껏 치료했는데도 환자의 생명을 구하지 못했을 때는 무력감과 안타까움, 그리고 바닥을 알 수 없는 허무감을 경험하게 된다. 게다가 의대를 졸업하고 막 의사가 되어 응급실에 배치된 인턴들은 사회 경험이 적기 때문에 무심코 행한 일이 범죄를 은폐한 결과가 되기도 하고, 때로는 선배 의사를 궁지로 몰아넣는 결과를 초래하기도 한다.

H는 인턴 생활의 첫 출발을 응급실에서 시작했는데, 들어온 지 대략 한 달이 지났다. 이제 겨우 응급환자를 처리하는 요령을 익혔을 정도다. 그런데 어느 날, 20대 중반쯤으로 보이는 젊은 여자가 남편으로 보이는 사람의 등에 업혀 응급실로 들어왔다.

남자의 말을 들어보니, 그들은 신혼부부인데 사소한 말다툼을 했다고 한다. 그러고는 외출했다가 돌아와 보니 부인은 잠이 들어 있었다고 한다. 남자는 부인이 그저 피곤해서 잠이 든 것으로 생각했다. 그런데 부인 옆에 약병이 놓여 있기에 혹시나 하고 부인을 흔들어보았다. 그런데 아무리 흔들어 깨워도 아무 반응이 없어서 응급실로 업고 왔다는 것이었다. 그 약병에는 수면제가 약 스무 알 정도 들어 있었는데 그것이 다 없어졌다는 것이다.

H는 약물중독으로 판단하고 위세척을 하고 해독제를 주사하는 등 최선을 다해 치료를 했다. 그러나 아무런 보람도 없이 환자는 다음 날 죽고 말았다. 남편은 슬피 통곡했다. 이 광경을 지켜보던 H는 남의 일 같지가 않아 남편을 동정하고 위로했다. 시신을 운구하면서 남편은 사망진단서를 써달라고 했다. H는 의사가 된 후 처음으로 수면제중독을 사인으로 적은 사망진단서를 발부해주었다.

다음 날 H는 전날 밤을 새우다시피 한 탓인지 무척 피곤해서 인턴 숙소에서 쉬고 있었다. 그런데 급한 호출이 왔다. 내려가 보니 어떤 중년 부인이 기다리고 있었다.

"당신이 H라는 의사인가요?"

"네, 그렇습니다."

"당신이 작성한 사망진단서에 쓴 내 동생 ○○○의 사인이 틀림없는 사실인가요?"

"네, 그렇습니다. 밤새워 열심히 치료했지만, 사망했습니다. 수면제 중독이 틀림없습니다."

H와 말이 오가는 동안 부인의 말에는 날이 서고 표정에는 노기가 더해갔다. 이런 일이 있은 지 3일 후에 이번에는 경찰관이 H를 찾아와 일전에 작성한 사망진단서에 대해 물었다.

"무엇을 근거로 사인을 '수면제중독'으로 썼나요?"

"남편 되는 사람이 수면제를 먹고 혼수상태에 빠졌다기에…."

"부인의 위를 세척했다는데, 그러면 수면제 복용이 증명되었나요?"

"아니요. 위를 세척했지만 내용물은 별로 나오는 것이 없었습니다. 그런데 뭐가 잘못됐습니까?"

"여보시오! 남편한테 머리를 맞아서 뇌출혈로 혼수상태에 빠진 사람을 수면제를 먹고 자살한 것으로 사망진단서를 발부하면 어떻게 합니까?"

이 말을 듣는 순간 H는 몽둥이로 머리를 얻어맞은 기분이었다. 그러면서 그 중년 부인이 왜 자기에게 노기 띤 질문을 했는지도 알 것 같았다. 멍하니 천장을 쳐다보는 H인턴에게 경찰관이 말을 이었다.

"선생이 발부한 사망진단서로 시체를 화장하러 갔는데 죽은 부인의 언니가 화장을 반대하고 부검을 요청했소. 부검 결과 '외상성 뇌출혈'로 사망한 것이 밝혀져서 수사해봤더니, 남편의 구타로 죽은 것이 밝혀졌소. 선생은 남편과 잘 아는 사이요?"

"아닙니다. 응급실에서 처음 봤습니다."

H로서는 세상에 이런 일도 일어날 수 있다는 사실을 새삼 느끼게 되는 순간이었다.

"죄송합니다. 남편이 거짓말을 한다고는 꿈에도 생각지 못했습니다."

H는 그 후에도 여러 번 수사기관에 나가 조사를 받았다. 그러는 사이에 '이런 의사 생활을 계속해야 할 것인가' 하는 생각이 들 정도로 심한 갈등을 겪었다.

이번에는 인턴의 경솔한 판단 때문에 선배 의사가 봉변을 당한 이야기다.

시내에서 정신과를 개원하고 있는 K의사에게 27세의 여자 환자가 찾아왔다. 환자의 말에 따르면, 약 한 달 전부터 감기 증상처럼 두통이 시작되더니 얼마 전부터는 자리에 누워야 할 정도로 병이 중해졌다고 했다. 환자는 모 종합병원에 가서 치료를 받았으나 차도가 없어 치료를 중단했는데, 요사이에는 머리가 욱신거리면서 뒷머리가 쏟아질 것처럼 아프고, 뒷목이 땅기고 밥맛이 없으며 메스껍기까지 하여 병원을 찾았다는 것이었다.

K의사는 '신경증'으로 진단하고 신경안정제와 약간의 진통제를 섞어 3일분의 약을 지어주었다. 3일이 지난 후에 환자의 어머니가 K의사를 찾아왔다. 약을 복용했지만 효과가 약한 것 같으니, 약을 좀 더 세게 지어달라고 부탁했다. K의사는 요구대로 3일 치의 약을 조금 더 세게 지어주었다.

집에서 어머니가 약 지어 오기만을 기다리고 있던 환자는 약을 보자마자 한 봉지를 먹었다. 그러나 기대와는 달리 세게 지었다는 약도 효과가 없는 것 같았다. 환자는 어머니가 말리는 데도 불구하고 약 한 봉지를 더 먹었다. 아프다고 앓는 소리까지 내던 환자가 갑자기 조용해지자 어머니는 이제 좀 진정이 되는 것으로 여기고는 이불을 덮어주려다가 깜짝 놀랐다. 환자의 얼굴은 창백해졌고, 숨을 몰아쉬고 있었다. 거칠게 흔들며 깨웠지만 이미 의식을 잃은 상태였다.

어머니는 딸을 업고 근처에 있는 종합병원의 응급실로 달려갔다. 환자의 어머니는 그동안의 자초지종을 설명하고 딸을 살려달라고 애원했다. 담당 의사는 R인턴이었다. R인턴은 환자를 열심히 치료했지만, 그 딸은 불귀의 객이 되고 말았다.

환자 측에서 사망진단서를 요구하자, R인턴은 사인으로 '약물중독'이라고 썼다. 그렇지 않아도 약을 지어준 K의사에게 잔뜩 불만스러웠던 어머니는 발부된 사망진단서를 들고 K의사에게 달려가 고함을 지르며 목 놓아 통곡했다.

"당신이 약을 잘못 지어서 약물중독으로 내 딸이 죽었다! 내 딸을 살려내라!"

K의사는 10봉지를 한꺼번에 먹어도 죽지 않는 약을 지어주었으니 그럴 리가 없다고 설명했지만, 딸을 잃은 어머니는 막무가내였다. 딸을 살려내라며 통곡하고 항의하는 환자의 어머니를 달래느라 있는 대로 진땀을 뺀 K의사는 R인턴에게 가서 따졌다.

"그래 무엇을 보니 '약물중독'이오?"

약물중독이라는 사인을 붙이려면 적어도 환자의 위 내용물이나 혈액에서 그 약물이 증명되어야 하며, 또 그것이 중독될 만큼의 양이었음이 입증되어야 한다. 그러나 이 R인턴 역시 환자 쪽의 설명만 듣고 사망 진단서를 발부하는 바람에 다른 선배 의사가 봉변을 당한 것이다.

법의관이 도끼에 맞아 죽을 뻔했다

한국 사람은 주검을 해부한다는 것에 상당한 거부감을 갖고 있다. 두 벌주검이라는 말까지 있을 정도다. 사전에 따르면 "죽은 뒤에 해부나 화장, 참형 따위를 당한 송장"이라는 뜻이다. 죽은 뒤에 부검을 하면 두 번 죽는다는 한국 사람들의 인식이 반영된 낱말이다. 이런 생각이 뿌리 깊게 박혀 있어서 유족들은 대개 부검을 거부한다. 그래서 한국의 부검률은 미국과 같은 선진국과는 비교할 수 없을 만큼 낮은 것 같다.

부검을 하면 의학의 발전에도 큰 도움이 된다. 살아생전에 알고 있던 병에 대한 진단이 정확했는지, 또 사용된 약물은 얼마나 효과적이었는지도 확인할 수 있기 때문이다. 서양, 특히 미국 사회의 부검에 대한 인식은 한국 사람들의 인식과 너무나 대조적이다.

내가 뉴욕대학에서 일할 때였다. 하루는 로스앤젤레스에서 전화가 걸려왔다. 전화를 건 사람은 그곳에서 내과를 개업하고 있는 의사였다.

그이는 그날 아침에 자기 아버지가 돌아가셨다는 통보를 받았다고 했다. 그런데 생전에 위암으로 짐작되는 증상을 보였다고 한다. 그래서 정말 위암이었는지를 확인하고 싶다는 것이었다. 그래야 자기와 자기 자식들이 대비할 수 있을 것 아니겠느냐고 했다. 그러면서 자기 아버지를 부검해서 그 결과를 알려달라는 부탁과 함께 자기 전화번호와 아버지의 뉴욕 주소를 알려주었다.

한국식으로 보면 당장 뉴욕으로 달려왔을 것이다. 게다가 돌아가신 아버지의 시신을 보면서 위암 여부를 가려야겠다고 생각하기는 쉽지 않다. 그것도 자기와 자기 자식들의 유전적인 영향을 걱정해서 꼭 알아야겠다고 마음먹기는 어려울 것이다. 미국 사람이라고 해서 모두가 다 그런 것은 아니겠지만, 이 전화를 받고 나는 한참 동안 생각에 빠져 있었다. 내가 한국에서 겪었던 일 때문이었다.

한 시골 마을에 P라는 청년이 살고 있었다. P는 어려서 부모를 잃고 할머니가 키웠는데, 사건이 일어났던 해에 고등학교를 졸업하고 농사일을 돌보고 있었다. 두서너 집 건너에는 J양이 살았다. 두 사람은 어려서부터 같이 자랐다. 초등학교에서도 같은 반에서 함께 공부했기 때문에 너무나 잘 아는 사이였다. 그런데 나이가 들면서 두 사람은 단순한 소꿉친구가 아니라 사랑하는 관계로 발전했고, 장래를 함께하기로 굳게 맹세했다.

그런데 J양의 부모는 P군과 가까워지는 것을 몹시 못마땅하게 생각했다. 기회가 있을 때마다 J양의 부모는 P와 거리를 두라면서 부모가 정해주는 남자에게 시집가라고 당부 겸 훈계를 했다. 그러나 J양의 마음속에는 P군밖에 없었다. 그들은 부모 몰래 뒷산에서 밀회를 하곤 했다. 그러던 어느 날 저녁, J와 P가 밀회하는 장소에 J양의 아버지가 나타나 무섭게 꾸짖고는 두 사람을 자기 집으로 끌고 갔다. J양의 아버지는 집에 들어서자마자 P군에게 욕설을 퍼부으면서 다시는 자기 딸과 만나지 말라고 했다. 그러나 P군은 그럴 수 없다고 잘라 말했다. 자기는 J양을 사랑하기 때문에 목숨을 내놓는 한이 있어도 물러설 수 없다고 당돌하게 맞섰다.

화가 난 J양의 아버지는 P에게 매질을 했다. 그러나 P는 조금도 기가 꺾이지 않았다. 작은 동네였기 때문에 마을 사람들이 모두 모여들었다. 그 가운데에는 P군의 할아버지와 할머니도 있었다. P군의 할머니가 나섰다. 더 이상 매를 맞지 않도록 손자를 감싸 안고는 항의했다. 할아버지도 나섰다. 그러나 이번에는 J양의 어머니가 차마 입에 담아서는 안 될 말을 했다.

"양심이 있으면, 누가 부모 없이 자란 호래자식을 사위로 삼으려고 하겠는지 생각을 좀 해보세요!"

결정적인 욕이었다. 참다못한 P군은 자리를 박차고 뛰쳐나갔다. 할아버지와 할머니는 눈물을 보이며 P군의 이름을 부르면서 뒤쫓아갔다. 그 뒤로 P군이 사라졌다. 갈 만한 곳을 모두 수소문해보았으나 찾을 길이 없었다. 늙은 내외는 초조하기만 했다. 그리고 며칠이 지난 뒤, 동네 청년이 집으로 뛰어들어와 소식을 알렸다. P군이 뒷산에서 목매달아 죽은 시체로 발견되었다는 것이다. P군은 J양과 만나던 뒷산의 느티나무에 목이 매달려 있었다.

P군의 몸에는 많은 상처가 나 있었다. 게다가 목을 맨 나뭇가지의 높

이가 자기 키보다 훨씬 낮았다. 외형으로만 볼 때 자살한 것으로 보기 어려운 상황이었다. 당연히 동네에서는 소문이 돌았다. J양의 아버지가 불량배를 시켜 폭행하다가 죽게 되자 자살을 가장해서 매달았을 것이라는 소문이었다. 경찰이 수사에 나서지 않을 수 없었다.

경찰은 일단 부검을 통해 자살인지 타살인지, 그리고 사인은 무엇인지를 구명하기로 했다. 내가 이 사건의 부검을 맡게 되었는데, 당시에는 변변한 부검실도 없었다. 그래서 현장에서 과일을 담는 나무 궤짝을 늘어놓고 그 위에서 시체를 부검하는 경우가 많았다. 현장에 도착해보니, 할아버지 한 분이 몹시 흥분된 어조로 경찰관에게 항의를 하고 있었다.

"절대로 해부는 못한다. 어떤 놈이건 내 손자 몸에 칼을 대면 도끼로까 없앨 것이니 알아서 해! 어떤 이유건 간에 두벌주검을 시킬 수는 없단 말이다!"

할아버지는 동네 청년과 경찰에 의해 산 밑으로 끌려 내려갔다. 시체는 현장에 사과상자 네 개로 만든 간이 해부대에 올려졌고, 조수들은 부검 준비를 마쳤다. 시체의 사진을 찍은 다음, 부검을 시작하려고 메스를 들었다. 그 순간 "안 된다!" 하는 고함 소리와 함께 도끼가 번쩍였고, 꽝하는 소리를 내며 나무 궤짝이 박살났다.

"두벌주검을 시킬 수 없다! 안 된다!"

영문을 모르고 있던 내가 고개를 돌려보니, 아까 그 할아버지가 도끼를 쥔 채 경찰과 청년들에 의해 저지당하고 있었다. 그제야 하마터면 그 노인이 내려치는 도끼에 맞을 뻔했다는 사실을 비로소 알게 되었다. 그 순간 온몸에 식은땀이 흐르고 손에는 힘이 빠졌다.

부검하는 의사를 도끼로 내려치면서까지 한사코 부검을 반대하는 한국인들의 정서와 멀리서 아버지의 부검을 간절히 부탁하는 미국인, 너무나 대조적이다.

지금은 법의학에 대해서도 꽤 많이 알려졌고, 사건 해결을 위해 부검이 얼마나 중요한 일인지 많은 사람이 알고 있다. 그러나 현장에서 일하는 수사관들이나 법의관들의 이야기를 들어보면, 아직도 한국 사회에는 두벌주검에 대한 인식이 많이 남아 있다고 한다.

"처녀막 파열 없음"

감정을 의뢰받고 Y판사실을 방문했다. 그는 자리에 없었다. 약속 시간까지 공판이 끝나지 않았다고만 알려주었다. 같은 방에서 근무하는 R판사가 내가 기다리는 동안 말동무가 되어주었다. 재판과 법의학에 관한 이야기를 한참 재미있게 나누던 끝에 어떤 진단서에 대한 이야기가 나왔다.

R판사가 지방에서 근무할 당시에 일어난 사건이다. 품행이 나쁘기로 소문난 P라는 중년의 남자가 있었다. 그는 입주 가정부가 새로 오면 사흘 안에 욕을 보인다는 것이다. 그래서 가정부가 한 달에도 몇 명씩 바뀐다고 했다. 부인은 결국 가정부 없이 지내기로 했다. 그러나 워낙 식구가 많아 일이 힘들었다. 그러던 차에 두메산골에 살고 있던 18세 된 K라는 처녀가 P씨 집을 찾아와 밥만 먹여주면 열심히 일하겠다고 간청

했다.

그러나 부인은 P씨가 걱정되었다. 그래서 K에게 다른 집을 알아보라고 타일렀다. 그러나 K는 P씨의 집으로 들어가고 싶다고 계속 간청했다. 사실 일이 많은 P씨 집에 가정부가 필요한 상태이기는 했다. 부인은 남편에게 가정부를 욕보이지 않겠다는 다짐을 단단히 받고는 K를 집에 들였다.

다행히 반년 정도는 아무 사고 없이 잘 지냈다. 그러던 어느 날, 부인이 집을 비운 사이에 P씨는 K를 자기 방으로 불렀다. 허리가 아프니 좀 주물러보라고 했다. K가 허리를 열심히 주무르는데 P의 색정이 발동했다. K를 방바닥에 쓰러뜨리고 목을 졸라 항거 불능 상태를 만든 다음 추행을 벌였다. 하필 바로 이때 부인이 집에 들어와 그 광경을 보게 되었다.

부인은 남편과 크게 다퉜고, K는 P씨를 고소했다. 경찰은 K를 데리고 D병원을 찾았다. 의사에게 강간당했음을 증명해줄 상해진단서를 받아내기 위해서였다. 그런데 D의사가 발행한 상해진단서에는 "처녀막 파열 없음"이라고 쓰여 있었다. 그러나 P씨의 품행을 잘 알고 있던 경찰관은 '처녀막이 파열되어 흔적도 남지 않고 없어졌다'는 뜻으로 해석했다. 그리고 그렇게 검사에게 보고했다. 검사도 그렇게만 알고 P를 기소했다.

몇 달이 지나서 재판이 시작되었고, 이 사건을 R판사가 맡게 되었다. 심리가 진행되면서 상해진단서를 작성했던 D의사가 증인으로 출석했다. 판사는 진단서를 제시하면서 검사의 기소 내용대로 K의 처녀막이 '흔적도 찾을 수 없을 만큼 파열'된 것인지 물었다. 의사는 그렇다고 대답했다. R판사는 다시 물었다.

"혹시 진단서를 작성한 지 상당한 기간이 흘렀기 때문에 정확한 내용을 기억하지 못하고, 검사의 기소 사실에 맞춰 진술하는 것은 아닙니까?"

D의사는 그렇지 않다고 대답했다.

"그러면 왜 상해진단서에는 '파열 없음'이라고 썼나요?"

D의사는 '파열되어 없다'는 뜻으로 쓴 것이라고 대답했다. 그래서 R판사는 K의 처녀막을 다시 확인해보라고 지시했다. 그런데 다시 진찰해본 D의사는 난감해졌다. 처녀막은 아무런 손상 없이 원형 그대로 유지되고 있었기 때문이다. 당황한 D의사는 커다란 질경을 이용해서 처녀막에 상처를 냈다. 그러고는 법원에 가서 처녀막은 틀림없이 파열되었다고 진술했다.

사실 R판사는 "파열 없음"이라는 진단서의 해석을 이상하게 여기고는 자신의 고등학교 동기인 A의사에게 물어보았다.

"아주 격한 성행위를 하면 처녀막이 파열되어 흔적도 없이 사라질 수 있나?"

그러자 A의사는 처녀막이 찢어질 수는 있겠지만 흔적도 없이 사라질 수는 없는 일이라며, 왜 그런 것을 묻느냐고 되물었다. 그래서 R판사는 P씨의 가정부가 강간당한 사건 때문이라고 했다. A의사는 "P라면 가정부를 틀림없이 강간했을 것이라고 믿어 의심치 않는다"고 했다. R판사는 K를 A의사에게 보내어 진찰을 받도록 했다. A의사는 진찰한 다음 처녀막은 원형 그대로 있고 파열되지 않았다고 알려왔다.

그런데 D의사는 재검사를 해보라는 R판사의 말에 여전히 처녀막이 파열되었다고 주장하고 있었다. R판사는 A의사에게 다시 K를 보냈다.

그런데 이번에는 A의사도 진찰 결과, 처녀막이 파열되었다는 진단서를 보내왔다.

R판사는 이미 D의사가 거짓말을 하고 있다는 사실을 알아채고 있었다. 판사는 자신이 미리 확인해본 적이 있다고 말하면서 왜 거짓말을 하느냐고 D의사를 몰아세웠다. 그러자 D의사는 고개를 숙이면서 "제가 어리석게 처신했습니다"라고 하면서 자신의 잘못을 인정했다. 결국 K의 처녀막은 의사에 의해 흔적도 없이 사라져버린 것이었다.

김치가 필로폰을 만든다?

우리가 즐기는 음식이 일본에서 큰 문제가 된 적이 있다. 김치를 먹고 소변검사를 하면 각성제 반응이 나온다고 해서 생겼던 일이다.

62세의 재일교포인 L씨는 동경 시내에서 택시 운전기사로 일하고 있었다. 그러던 어느 날, 교통단속 기간 중에 외국인 등록증을 소지하지 않았다는 이유로 신원조사를 받았다. 그런데 각성제와 관련된 L씨의 전과가 밝혀져 소변검사를 받게 되었다. 소변에서 각성제 성분인 메타암페타민(methamphetamine, 필로폰으로 알려진 물질)이 검출되었다. L씨는 과거에 각성제를 소지한 적은 있지만 먹지는 않았으며, 근래에 와서도 각성제를 입에 대지 않았다고 주장했다. 그러나 소변에서 분명히 각성제 성분이 검출되었기 때문에 즉심에 회부되었다. 즉심에서 L씨는 각성제 복용죄로 징역 1년을 선고받았다. 당시 일본의 법률에 따르면, 인체에서 극소량의 각성제만 검출되어도 처벌을 받아야 했다.

L씨는 1년 동안 감옥살이를 했다. 출옥한 뒤 그는 변호사를 찾아갔다. 변호사는 L씨와 함께 동경대학 의학부에 있는 법의학교실의 이시야마 교수를 찾아갔다. 처음에는 이시야마 교수도 L씨의 설명을 귀담아 듣지 않았다. 그러나 L씨가 워낙 자신의 결백을 강력하게 주장하고 애절하게 매달려서 실험을 해보기로 했다.

우선 L씨가 운전하면서 즐겨 마셨다는 드링크제를 수집해 분석했다. 각성제 반응은 나오지 않았다. 이시야마 교수는 L씨를 불러서 그 당시 즐겨 먹은 음식에 대해 물었다. L씨는 김치를 무척 좋아하기 때문에 식사 때마다 김치를 많이 먹는다고 했다. 이시야마 교수는 김치가 어떤 것인지 잘 몰랐다. 일본식으로 보면 다꾸앙이나 나라즈케, 낫파즈케와 같이 무, 오이, 배추를 절인 음식과 비슷한 것으로 여겼다. 이시야마 교수는 L씨에게 그 당시에 먹던 대로 먹고, 다음 날 다시 오라고 했다. L씨는 평소에 즐겨 먹던 대로 밥과 김치를 먹고, 이시야마 교수를 찾아갔다.

이시야마 교수는 L씨의 소변을 검사하더니 고개를 갸우뚱거렸다. 그러고는 어제 이후에 뭔가 다른 약물을 먹은 것이 없는지 물었다. L씨는 그런 것이 없으며 평소 식사하던 대로 김치와 밥을 먹고 왔다고 했다. 이시야마 교수는 그러면 김치는 어떻게 만든 것이냐고 물었다. L씨는 배추, 무, 파, 마늘, 고추 그리고 생선 젓갈로 무쳐서 일정 기간 두었다가 익으면 먹는다고 설명해주었다. 이시야마 교수는 김치를 가지고 다시 오라고 했다.

다음 날 이시야마 교수는 L씨가 가져간 김치를 먹었다. 구역질까지 해가며 김치국물까지 먹었다. 조수는 김치국물을 우유에 타서 마시기도 했다. 다음 날 두 사람의 소변을 검사해보았다. 그랬더니 메타암페타민 성분이 검출되었다.

깜짝 놀란 교수는 김치를 검사해보았다. 그러나 김치에서는 각성제 반응이 나오지 않았다. 좀 더 정확한 판단을 위해서 이시야마 교수는 다른 몇 사람에게도 김치를 먹게 한 후 소변검사를 해보았다. 마찬가지로 각성제 반응이 나왔다. 그렇다면 김치에는 각성제가 함유되어 있지 않지만, 이를 섭취하면 소화 흡수되는 과정에서 메타암페타민이 만들어지는 것으로 이해할 수밖에 없었다.

이시야마 교수는 학문적으로 명확히 규명되기 전이라도 이 사실을 공개할 필요가 있다고 판단했다. 그래야 L씨처럼 억울한 옥살이를 하는 사람이 없게 될 것이기 때문이다. 그래서 1984년 4월 9일자, 〈아사히 신문〉에 김치를 먹고 나면 소변에서 각성제 성분이 검출된다는 기사가 실리게 되었다.

또 김치국물은 옷에 떨어져 마르면 혈흔처럼 보인다. 더욱이 김치국물 자국은 혈흔 예비검사인 벤지딘 검사benzidine test에서 양성반응을 보인다. 이는 내가 고려대학교 법의학교실을 이끌고 있을 때, 조교가 실험을 하다가 발견한 사실이다. 까딱 잘못하면 김치국물 때문에 일시적으로나마 살인사건의 용의자가 될 수도 있다는 이야기다.

5장

기이한 사건

—

그렇게 예민합니까?

물질문명이 고도로 발달하면 인류 사회에 기여하는 바도 많지만 부작용도 따르기 마련이다. 의학 분야에서도 마찬가지다. 어떤 의미에서는 의약품의 부작용이 근대 물질문명의 대표적인 부작용이라고 볼 수도 있다. 심한 경우에는 사람이 사망에까지 이르기 때문이다.

인체의 생리로만 보자면 어떤 약품도 해로운 것이다. 아무리 좋다고 해도 지나치면 인체의 생리 기능에 장애를 가져온다. 또 약품 중에는 소수의 사람에게만 부작용이 일어나는 것도 있다. 이런 경우를 '약품에 대한 특이체질'이라고 부른다.

의사나 약사가 가장 두려운 것이 바로 이런 경우다. 아직은 약품 투여 전에 특이체질을 알아내는 방법이 없다. 그런데 예외가 있다. 바로 페니실린이다. 페니실린에 특이체질인 사람이 부작용을 일으키면 가벼운 경우에는 두드러기, 구갈, 두통 정도지만 심한 경우에는 과민성 쇼크로 급사하기도 한다.

따라서 이런 과민성 반응을 일으킬 수 있는 약품을 투여할 때는 반드시 문진을 통해 환자의 과거 병력과 가족 병력을 확인해야 한다. 이상이 있었다는 환자에게는 페니실린을 투여해서는 안 된다. 또 주사할 때는 반드시 예비검사를 해야 한다. 그런데 예비검사도 완벽하지 않다. 예비검사에서 음성이었던 사람도 과민성 반응을 보이는 경우가 있기 때문이다. 그래서 예비검사도 하나 마나 한 것이라고 경시하는 의사도 있다.

페니실린 쇼크사가 발생하고 법적으로 문제가 되었을 때, 가장 먼저 검토되는 것이 문진과 예비검사 실시 여부다. 이런 예견의 의무를 다하지 않았다면 의료과실로 취급된다. 드물지만 페니실린 예비검사 과정에 과민성 쇼크가 일어나 사망에까지 이르는 경우도 있다. 이런 경우는 불가항력적인 의료사고로 볼 수밖에 없다. 또 페니실린 주사를 하고 바늘을 뽑는 순간 환자가 그대로 쓰러져 죽는 경우도 있다. 이런 페니실린 특이체질인 사람이 얼마나 예민한지를 보여주는 사건이 있었다.

마흔 살 된 중년 부인이 남편과 성행위를 하다가 갑자기 호흡곤란을 일으켜 죽었다. 이런 상황에서는 대개 남자는 복상사腹上死했다거나 여자는 복하사腹下死했다고 말한다. 복상사한 경우에는 심장의 병변, 특히 관상동맥 경화증을 가진 사람이 많고 반대로 복하사했다면 뇌동맥류를 지닌 사람이 많다. 성행위 도중에 동맥류가 파열되어 뇌출혈을 일으키는 것이다. 그래서 이 부인도 뇌출혈이 아닌가 싶어서 뇌혈관 검사를 해보았다. 그런데 동맥류를 찾아볼 수 없었다. 뇌출혈도 없었다. 부검을 해봤지만 사인이 될 만한 것을 찾아낼 수 없었다. 단지 급사한 경우의 일반적인 소견과 인두부(식도와 후두에 붙어 있는 깔때기 모양의 부분)의 수종과 울혈이 심하다는 정도였다.

페니실린 쇼크사일 때와 비슷한 소견이었다. 그런데 급사한 부인의 소지품을 조사하던 수사관이 의사의 소견서 한 장을 가져다주었다. 그 소견서에는 이렇게 쓰여 있었다.

"본인은 페니실린 과민성 체질이니 본인에게 페니실린을 절대로 투여하지 마시오."

그래서 부인이 최근에 병원에 다녔는지 혹은 약국에서 약을 사 먹은 일은 없는지 남편에게 물어보도록 했다. 그런데 그런 일은 전혀 없다고 했다. 그 말끝에 오히려 자기가 일주일째 병원에 다니고 있다는 것이었다. 편도선염을 치료하느라 주사도 맞고 약도 받았다고 했다.

병원의 담당 의사에게 남편에게 무슨 주사와 약품을 투여했는지 알아보았더니, 페니실린 주사를 놓았다고 했다. 그제야 부인의 사인을 짐작할 수 있었다. 남편의 정액을 통해 페니실린이 부인에게 전해졌고, 정액에 들어 있던 페니실린 성분 때문에 부인이 쇼크사했던 것이다.

만일 남편이 페니실린 주사를 맞았다는 사실을 몰랐다면, 또 부인이 페니실린에 과민한 특이체질이라는 의사의 소견시를 발견하지 못했더라면, 부인의 사인은 영영 밝혀내지 못했을 것이다.

허깨비 현상

날이 갈수록 교통사고 건수가 늘어나고 있다. 지난달에는 내가 잘 아는 의사 한 분과 변호사 한 분이 교통사고로 세상을 떠났다. 의사는 위급한 환자가 생겼다며 병원에서 호출이 와서 급하게 차를 몰고 갔다. 그런데 그만 깜빡하는 사이에 중앙선을 넘었고, 반대쪽에서 달려오던 차를 들이받았다. 변호사는 지방법원에서 변론을 마치고 차를 몰고 돌아오는데 반대쪽에서 달려오던 차가 중앙선을 넘어와 충돌했다.

자동차를 운전하는 사람들이 왜 이렇게 중앙선을 넘어가는 일이 생기는지를 설명해주는 이야기가 있다. 다음은 일본의 한 산부인과 의사가 쓴〈짙은 안개〉라는 수기에서 가져온 이야기다.

어제 퇴원한 환자로부터 왕진 요청을 받은 K의사는 차를 몰고 시골길을 달렸다. 이른 새벽이라 지나다니는 차나 사람이 드물었기 때문에 홀가분한 기분으로 운전했다. 그 도로가 마치 자기만을 위해 만들어진 것처럼 느껴졌다.

그런데 A마을을 지났을 무렵, 갑자기 짙은 안개가 앞을 가로막았다. 난생 처음으로 경험하는 심하게 짙은 안개였다. 겨우 10미터 정도밖에 앞이 보이지 않았다. 당연히 자동차 속도를 줄였다. 그리고 얼마간을 달렸더니 안개는 사라졌다. K의사는 짙은 안개를 만난 뒤에는 속도를 줄이고 마치 게가 기어가듯이 천천히 조심스레 운전했다.

왕진에서 돌아와 밀린 환자를 보고 있는데 간호사가 명함을 한 장 들고 들어왔다. 명함을 보니 형사 아무개라고 쓰여 있었다. 환자에 대해 무엇인가 물어볼 것이 있어 왔으리라 생각했다. 환자의 진료를 마치고 응접실로 나가보았다. 경찰관 두 사람이 기다리고 있다가 정중히 인사를 하고는 입을 열었다.

"선생님께서는 오늘 새벽 일찍이 차를 몰고 A마을을 지난 일이 있지요?"

"네, 그렇습니다마는."

"선생님께서는 사람을 치고 뺑소니를 쳤습니다. 그렇지요?"

"내가 사람을 치고 뺑소니쳤다고요? 나는 왕진을 다녀오는 길에 사람이라고는 구경도 못 했소."

"그러나 선생님 차가 사람을 치는 것을 목격한 사람이 있고, 그분이 신고해서 선생님을 찾아왔습니다."

"그래, 사람을 치었다는 그 장소가 어디입니까?"

"A마을을 지나서입니다."

"아! 그곳에는 짙은 안개가 끼어 있었어요. 갑자기 시야가 흐려져서 차를 아주 천천히 몰았습니다. 그리고 그렇게 짙은 안개 속에서 내 차가 사람을 치었다면 목격자가 그것을 볼 수 있었을까요? 신고한 사람이 잘못 본 모양입니다."

"그렇다면 선생님의 차를 좀 보여주십시오."

"네! 그러지요. 차는 차고에 있고 열쇠는 여기 있습니다. 간호사! 이 분들을 차고로 안내해주세요."

잠시 후 K의사가 환자를 보고 있는데, 간호사가 새파랗게 질린 얼굴로 들어와 말했다.

"선생님! 그 형사들이 차고로 오시래요."

몹시도 번거롭게 군다고 생각하면서 K의사는 차고로 갔다. 형사들이 가리키는 곳을 봤더니, 차 앞쪽에 움푹 파인 함몰된 부분이 있었고, 그 주위에는 피가 묻어 있었다.

"자, 이래도 뺑소니치지 않았다고 우겨댈 것입니까?"

K의사에게는 그야말로 대낮에 날벼락이었다. 경찰서에 연행된 K의사는 A마을 사람들과 대질신문을 받았다. 마을 사람들은 그날 아침에 짙은 안개가 끼지 않았다고들 증언했다. 결국 K의사는 사람을 치어 죽게 한 뒤, 뺑소니쳤다는 사실이 입증되어 옥살이를 했다. 감옥에 갇혀서 생각해보니 이상하게 여겨지는 일이 한두 가지가 아니었다. 그날 자기가 몰고 갔던 차는 '닷지'인데, 그 전달에 구입한 것으로 중고차이기는 하지만 새 차나 다름없을 정도로 흠이 없었다. 그런데도 새 차의 3분의 1 가격으로 샀다. 그렇게나 값이 싼 데는 무슨 곡절이 있지 않을까 싶었다.

출옥하자마자 K의사는 차의 전 소유주를 찾아가 차를 싸게 판 이유를 물었다.

그 대답은 매우 놀랍고 충격적인 것이었다. 전 차주 E씨가 차를 구입한 지 얼마 되지 않은 어느 날, 차를 몰고 시골길을 가는데 도중에 갑자기 짙은 안개를 만났고, 그 후에 자기가 사람을 치고 뺑소니쳤다는 사실을 알게 되었다는 것이었다. K의사가 경험했던 것과 꼭 같았다.

두 사람은 이상히 여겨 그 차의 맨 처음 소유주를 찾아보았다. 그 사람은 미국인이었다. 그에게서 받은 회답도 놀라운 것이었다. 그는 구입한 새 차의 성능이 매우 좋아 드라이브를 즐겼다. 하루는 고속도로를 달리다가 갑자기 짙은 안개를 만나 속도를 줄였는데, 그 순간 사람이 뛰어들어 치게 되었다. 그 사람이 죽자 급브레이크를 밟지 않았다 하여 과실치사죄로 입건되었고, 벌금형을 받았다는 것이다.

수기를 쓴 K의사는 자기가 겪은 사고는 '차 사고로 맨 먼저 죽은 희생자의 망령이 붙어서 일어난 것이 아닌가' 하고 이야기를 끝맺었다.

말할 것도 없이 그것은 망령 때문이 아니다. 고속도로 최면현상highway hypnosis이라는 허깨비 현상이 그 이유다. 핸들의 조작조차 요하지 않는, 직선으로 뚫린 고속도로를 달리다 보면 단조로움과 무자극으로 인해 운전자가 졸게 된다. 졸음을 억지로 쫓으며 계속 달리다 보면 주의력이 점점 떨어지고, 시간과 방향에 대한 감각마저 잃고 마치 꿈을 꾸는 듯한 느낌이 든다. 머릿속에는 갖가지 공상이 떠오르고 그것이 현실화되어 모든 것이 어렴풋하게 보이는, 일종의 특수한 정신 상태에 빠져드는데, 이때 환각이 나타난다. 여기서 더 진행되면 운전자는 깜빡 잠이 들고 큰 사고의 원인이 된다.

이러한 현상은 차내의 좁은 공간에 혼자 있는 상태에서 행동이 몹시 제한되고, 가도 가도 끝이 없고 변화도 없는 도로만 계속 나타나는 시각 자극의 단조로움으로 인해 일어나는 것이다. 사람이 어떤 것에 익숙해 지면 새로 들어오는 감각 자극에 둔감해진다. 대뇌의 각성상태를 유지 하기가 어려워지기 때문에 주의력이 떨어지는 것이다. 그러면 의식할 수 있는 범위가 점점 좁아지면서 의식이 변질되어 마침내 허깨비 현상 에 빠지게 된다.

K의사의 수기에서 '이른 새벽이라 지나다니는 차나 사람이 드물었 기 때문에 홀가분한 기분으로 운전했다. 그 도로가 마치 자기만을 위해 만들어진 것처럼 느껴졌다'고 하는 대목은 그 당시 의식의 범위가 좁아 지고 의식이 변질되기 시작했음을 말해주는 것이다.

또 'A마을을 지났을 무렵, 갑자기 짙은 안개가 앞을 가로막았다. (중 략) 그리고 얼마간을 달렸더니 안개는 사라졌다'라는 대목이 있는데, 이때는 이미 K의사가 사람을 친 상황이었다. 그러나 허깨비 현상 때문 에 이것을 인식하지 못했던 것으로 추측된다.

K의사는 자기 차에 사람이 친 것도 모르고 계속 달렸기 때문에 뺑소 니차로 몰렸다. 이러한 허깨비 현상은 육체적 과로보다 정신적 과로, 특 히 수면이 부족했을 때 자주 보인다. 또 감기약, 그중에서도 항히스타민 제가 든 감기약을 복용했을 때 잘 일어난다. 따라서 감기약을 먹은 상태 에서는 장거리 운전을 피하는 것이 좋다.

목격자

몸에 특별한 병도 없고, 건강하게 지내던 사람이 갑작스럽게 사망하는 것을 돌연사라고 한다. 누군가가 돌연사했을 때 목격자가 있다면 모르지만, 그렇지 않은 경우에는 사인을 구명하기 위해 부검을 하는 경우가 많다. 돌연사하는 장면을 목격한 사람이 있는 경우는 '목격성 돌연사'라 부른다. 그리고 목격자의 확실한 증언을 첨부하면 부검을 생략하는 나라도 있는데, 이런 돌연사는 대개 정신적인 충격에 의한 경우가 많다. 예를 들면 심한 정신적인 충격을 받을 만한 장면을 보았다든가, 그런 이야기를 전해 들었을 때 정신적인 충격 때문에 쇼크 상태에 빠지고 영영 회복되지 못해 사망하는 것이다.

이런 경우에는 설사 부검을 한다 해도 급사의 일반적인 소견 이외에는 특별히 다른 사인을 찾아볼 수 없는 것이 보통이다. 그렇기 때문에 목격자의 증언이 확실하고 그 죽음의 동기가 뚜렷한 경우에는 부검하지 않아도 된다고 생각하는 것이 일반적이다. 다음은 뜻밖의 광경을 목격하고 정신적인 충격을 받아 사망한 사건이다.

T화장품 회사의 K판매원은 40대의 중년 부인으로 10년째 화장품 판매원 생활을 하고 있었다. 하루는 H아파트의 S부인 댁을 방문했는데 기대 이상으로 많은 화장품을 팔았다. 무엇보다 그 집에는 딸이 다섯이나 있었고, 그 딸들이 모두 화장품을 쓸 나이가 되었기 때문에 많은 양의 화장품을 필요로 했다. 게다가 질 좋고 비싼 화장품을 골랐다. K판매원으로서는 일찍이 만나지 못했던 최상의 고객이었다. K판매원은 S부인 댁에 자주 들러서 회사에서 나오는 홍보용 잡지나 새로 나온 화장품 견본을 가져다주곤 했다.

그러는 사이에 S부인과 친해졌고, 그 가정의 속이야기나 고민을 듣게 되었다. S부인의 가장 큰 고민은 딸만 다섯이고 아들이 없는 것이었다. 남편은 큰 무역회사를 경영하고 있었고, 가정에도 매우 충실한 사람으로 소문이 나 있었다. K판매원은 남편을 직접 보지는 못했지만, 벽에 걸려 있는 커다란 사진을 통해 얼굴을 익힐 수 있었다.

K판매원에게는 방배동에 B부인이라는 또 다른 단골이 있었다. B부인은 30대의 미인이었는데, 일반적인 가정의 부인 치고는 너무나 사치스러운 생활을 하는 것 같았다. 그런데 그 댁에는 방문할 때마다 젖먹이 아들을 안고 있는 남편이 있었다. 그래서 화장품만 전하고 곧바로 돌아나오곤 했다. 하루는 화장품을 전해주고 나오다가 그 남편과 얼굴이 마주쳤다. 그 순간 K판매원은 H아파트의 S부인 댁에서 본 사진이 떠올랐다. 사진에서 본 얼굴과 너무나 닮았던 것이다.

그 뒤에 S부인 댁을 방문했을 때 K판매원은 벽에 걸려 있는 남편 사진을 유심히 살펴보았다. 아무리 봐도 방배동 B부인 댁의 남편과 쌍둥이처럼 닮았다. 그래서 S부인에게 물어보았다.

"혹시 이 댁 사장님 형제 가운데 방배동에 사는 분은 안 계신가요?"

"우리 집 아빠는 형제가 없어요. 그런데 그런 걸 왜 물어봐요?"

K판매원이 대답했다.

"방배동에 제 단골이 한 분 계신데, 그 집 남편이 이 댁 사장님과 너무나 닮아서 혹시 형제분인가 해서 여쭤봤어요."

"아니 그렇게 닮은 사람이 있어요?"

"네! 아주 꼭 닮았어요. 이마에 있는 큰 점까지 같아요."

이야기가 이쯤 오가다 보니 S부인으로서는 흥미를 느끼지 않을 수 없었다. 그래서 S부인과 함께 방배동에 가보기로 했다. 방배동 B부인 댁의 초인종을 눌렀다. 미모의 B부인이 K판매원을 반기며 응접실로 안내했다. 그 순간 응접실에서 어린애를 안고 있던 이 댁 남편이 현관문을 들어서는 S부인을 보고 깜짝 놀랐다. 놀란 것은 이 댁 남편만이 아니었다. S부인도 놀랐다. 그런데 S부인은 "아니 여보! 당신이…"라는 말과 함께 그대로 쓰러졌다.

B부인의 남편이 바로 S부인의 남편이었던 것이다. S부인의 남편은 아들이 없다는 핑계로 B부인을 소실로 맞았고, 3년 전에 이 집에서 딴살림을 차렸다. 그 사이에 아들을 보게 되었는데, 회사에 나갔다가도 틈만 나면 집으로 달려와 아이와 시간을 보내곤 했다.

S부인은 병원으로 옮겨졌으나 어떤 소생술로도 살려내지 못했다. 철

석같이 믿고 살던 남편이 딴살림을 차리고, 그 집에서 어린애를 안고 있는 모습을 보는 순간, 단장斷腸의 충격을 받은 것이 분명했다. 그리고 그 엄청난 정신적인 충격 때문에 돌연사한 것이다.

체온이 오르다니

딸만 넷을 두고 있던 R씨 부부가 다섯 번째로 아들을 보았다. 이 아이가 자라 7세가 되던 어느 가을날, 길가에서 놀다가 그만 자동차에 치었다. 곧 모 종합병원으로 옮겨져 치료를 받았지만, 자동차 사고로 생긴 상처는 치료가 되었으나 파상풍 증상이 나타나기 시작했다. 처음에는 파상풍인 줄 몰랐다가 증상이 뚜렷해지자 곧 파상풍에 대한 치료를 했다. 그러나 효과도 없이 아이는 죽어버렸다.

슬픔에 잠긴 R씨 부부는 아이 시체를 받아서 집으로 돌아왔다. 할머니는 그 소식을 듣고 달려와 손자를 부둥켜안고 울었다. 한참 울다가 손자의 몸에서 따뜻한 온기를 느낀 할머니는 팔목을 잡고 맥을 짚어보았다. 분명히 맥이 뛰고 있었다. 울던 할머니는 손자를 안아 들고 근처 병원으로 달려갔다.

의사는 아이의 체온을 재보았다. 체온이 분명 38도였다. 그러나 맥박

201

은 뛰지 않았고 호흡도 없었다. 의사는 여러 가지 소생술을 시도해보았지만 아무 효과가 없었다. 고개를 갸우뚱하던 의사는 할머니에게 이렇게 말했다.

"아이를 조금만 더 빨리 데려왔더라면 살릴 수도 있었는데, 이제는 틀렸습니다. 희망이 없습니다."

이 말을 들은 할머니는 손자의 시체를 업고 종합병원으로 갔다. 담당 의사였던 K의 멱살을 잡고는 죽지도 않은 아이를 죽었다며 치료도 하지 않고 집으로 돌려보내 결국 죽게 만들었다며 고함을 질렀다. 그리고는 손자의 시체를 진찰실에 내려놓고 아이를 살려내라며 고래고래 소리를 질렀다. K의사가 아이의 시체를 만져보니 몸이 아직 따뜻했다. 체온을 재보았더니 틀림없이 38도였다. 당황한 K의사가 내게 전화를 걸어왔다.

"선생님! 분명히 5시간 전에 사망했는데 현재 체온이 38도입니다. 이런 일이 가능합니까?"

사람이 죽으면 당연히 체온이 내려가기 마련이다. 생존하고 있을 때는 열의 생산과 방출이 균형을 이루지만, 일단 죽고 나면 그렇지 않다. 열의 방출은 계속되지만 열이 생산되지는 않는 것이다. 그래서 시간의 흐름과 함께 주변의 온도와 비슷해진다. 그런데 이 아이의 체온은 죽은 뒤에 상승했으니 자세한 내막을 모르는 의사로서는 당황하지 않을 수 없었을 것이다.

사람이 죽은 뒤에도 체온이 올라가는 예외적인 경우가 있다. 이는 사인과 관련이 있는데, 두부외상, 일사병, 열사병, 패혈증, 스트리크닌 strychnine 중독, 열성 질환 및 파상풍으로 죽은 시체는 체온이 내려가는 것이 아니라, 오히려 일시적으로 오른다. 심한 경우에는 42도까지 올랐다는 보고도 있다.

이 아이도 이런 경우에 해당된다는 것을 K의사에게 알려주었다.

죽은 뒤 체온의 변화는 사망 시간을 추정할 때 중요한 고려 대상이 된다. 사후 체온의 변화에는 여러 요인이 관여한다. 가장 큰 영향은 그 당시의 주변 온도다. 주변의 온도가 낮을수록 체온은 빨리 내려간다. 또 얇은 옷을 입고 있을수록, 젊은 사람보다는 노인이나 어린이일수록, 살이 덜 쪄 있을수록 체온의 변화는 빠르다. 주변 온도가 15도일 때 죽은 뒤 10시간 이내라면 마른 사람은 시간당 1도가 내려가고, 살이 찐 사람은 0.75도씩 내려간다. 죽고 나서 10~20시간 사이에는 살이 쪘거나 말랐거나 상관없이 시간당 0.5도가 내려간다. 그래서 사후 경과 시간을 논하는 경우에 시체의 직장 체온은 매우 중요한 자료가 된다. 예를 들어 기온이 15도 내외고 시체의 직장 체온이 29도로 마른 사람이라면, 죽은 지 대략 8시간이 지났다고 볼 수 있다.

그런데 실제로는 이렇게 간단하지가 않다. 시체가 발견되면 대개 무엇으로든 일단 덮어놓는다. 만일 집 안에서 죽었다면 이불이나 담요로, 길가에서 발견되었다면 하다못해 가마니라도 덮어놓는다. 이렇게 무엇으로든 덮어놓으면 사후 체온은 느리게 내려간다. 심한 경우에는 죽은 뒤 10시간이 지났을 때 5도씩이나 차이가 난다는 보고도 있었다.

따라서 시체의 체온으로 사망 시간을 추정할 때는 처음 체온을 잰 뒤 1시간 간격으로 적어도 한 번 이상 다시 재어서 체온이 내려가는 정도를 확인한 다음, 그 수치를 적용해 계산해야만 비교적 정확하게 사망 시간을 추정할 수 있다. 그러나 파상풍을 비롯한 몇 가지 사인으로 사망한 경우에는 죽은 뒤에 오히려 체온이 오르기 때문에 체온만으로는 사망 시간을 추정하기 어렵다.

새튼이

사람이 죽은 뒤 건조하고 통풍이 잘 되는 곳에 시체를 두면 수분 증발이 빠르게 일어난다. 그래서 세균의 발육보다 수분 증발의 속도가 빠르면 미라가 된다. 인체의 수분 50퍼센트가 급속히 증발되면, 세균의 번식이 정지되기 때문에 썩지 않는다. 물론 약품 처리로 썩지 않게 만들 수도 있다. 그러나 옛날에는 자연환경을 이용해서, 또는 그렇게 될 수밖에 없는 자연환경 속에서 죽은 시체가 미라가 되는 경우가 있었다.

한국에도 그런 미라 이야기가 있다. '명도明圖' 또는 '태자혼太子魂'이라고 하는 것이다.

옛날에는 일부종사라는 개념이 있었다. 한번 결혼하면 죽을 때까지 한 남자만을 따라야 한다는 것이다. 그러니 여자 입장에서는 이혼을 하고 싶어도 엄두를 내지 못했다. 정 안 되겠다 싶으면 그냥 도망칠 수밖에 없었다. 그런 일이 실제로 꽤 많았다고 한다. 산후에 갓난애를 버리고 도망가는 경우도 있었다고 하는데, 그런 경우에는 아이가 살아남기 어려웠다. 옛날에는 모유가 아니면 갓난애가 먹을 수 있는 게 별로 없었기 때문이다. 아버지 입장에서는 아무리 정성을 다한다 해도 젖동냥밖에 아이를 살려낼 방법이 없다. 젖동냥을 하지 못하면 아이는 영양실조로 죽고 만다. 굶겨 죽이는 셈이다.

아버지는 피골이 상접할 정도로 처참하게 야윈 어린애의 시체를 부둥켜안고 탄식할 수밖에 없었을 것이다. 그러다가 아이의 어머니를 찾아 넋이라도 위로해줄 생각을 한 아버지가 있었다. 옛날에는 그저 걸어 다니는 수밖에 없었으니, 언제 어디서 애 엄마를 찾을 수 있을지 기약할 수 없다. 그래서 소금 장사를 하며 다녔다. 아버지는 소금 상자 밑바닥에 어린애 시체를 넣고 팔도 방방곡곡을 찾아다녔다. 그러는 사이에 소금 상자 속의 어린애는 미라가 되어갔다. 그렇잖아도 바싹 마른 어린애인데 소금이 또 수분을 빨아들이니까 시체의 수분이 급격하게 소실되어 썩지 않았던 것이다. 이런 현상을 본 옛날 사람들은 그 어린 것이 어머니 정이 그리워 죽어서라도 어머니를 만나보려고 썩지 않은 것이라고 생각했다. 그런 어린아이의 미라를 '새튼이' 또는 '명도 태자혼'이라고 불렀다.

이런 새튼이를 지고 다니던 아버지가 마침내 그 어머니를 찾아서 아기가 죽었다는 것을 알리고, 새튼이를 꺼내서 어머니에게 던졌다. 그랬더니 아기를 버리고 떠났던 그 어머니는 충격을 받고 급사했다. 그런 이야기가 전해지면서 사람들은 새튼이를 무서울 정도로 총명하고 전지전능한 귀신으로 생각하게 되었다.

여자 입장에서는 남편이 눈앞에 나타났다는 것만 해도 두려운데 자기가 낳은 아기가 죽었다고 하고, 그 아기의 시체를 자기 품에 던져주었으니 그 충격은 말도 못하게 컸을 것이다. 그러니 여자는 신경성 쇼크로 죽었다고 볼 수 있다. 그렇지만 옛날 사람들은 이 모두가 새튼이 때문에 생기는 일이라고 믿었다. 지방에 따라서는 새튼이 귀신을 섬기는 곳이 아직도 있다고 한다. 그리고 무속인 가운데에도 새튼이 무당이 있다. 이 무당은 뭇사람들 앞에서 새튼이와 대화를 하며 점을 치고 미래를 예언한다.

나도 새튼이 무당과 관련된 사건을 다뤄본 적이 있다. 장안에 유명한 새튼이 무당이 있었다. 이 무당도 사람들 앞에서 새튼이와 대화하면서 점을 쳤다. 다른 사람들에게도 '쏴- 쏴-' 하는 새튼이 소리가 들렸다. 그런데 이 무당이 고위층 부인들을 상대로 유언비어를 퍼뜨리다 보니 수사의 대상이 되었다. 수사관들이 일반인으로 가장하고 점을 치러 가 보았는데 정말로 '쏴- 쏴-' 하는 소리가 들렸다고 한다. 그래서 나를 찾아와 이 무당의 소리를 과학적으로 설명할 길이 없겠느냐고 물었다.

나는 호기심도 생기고 해서 수사관이 알려준 새튼이 무당집에 찾아가보았다. 많은 여자들이 밖에서 줄지어 차례를 기다리고 있었다. 나도 줄을 서서 기다렸는데, 그 '쏴- 쏴-' 하는 소리가 바깥까지 들려왔다. 그날은 이상한 소리만 들었을 뿐 아무것도 알아내지 못했다. 소리는 나는데 무당밖에 없으니 무당이 내는 소리가 아니면 귀신이 내는 소리일 텐데, 정작 그 소리가 어디서 나는지는 전혀 알 수 없었다.

이 무당이 경찰서로 연행되어 조사를 받게 되는 일이 생겼는데, 그때 가까이에서 관찰할 수 있는 기회가 왔다. 이 무당은 대답하기 곤란한 질문만 하면 '쏴- 쏴-' 하는 소리를 냈다. 그러고는 새튼이가 노해 소리치는 것이라고 했다.

자세히 관찰하고 귀를 기울여 들어보니 그 새튼이 소리는 무당이 바라보는 쪽으로만 났다. 그래서 고성능 마이크를 사방에 설치한 다음, 무당과 대화하게 해서 녹음을 해보았다. 확실히 무당의 상반신 어딘가에서 나는 소리였다. 그래서 무당의 상반신을 조사해보았다. 그러나 그런 소리가 날 만한 장치는 찾을 수가 없었다. 그러다가 우연히 이 무당의 치아 구조를 보게 되었는데, 위쪽 앞니 두 개 사이가 좌우로 유난히 많이 벌어져 있었다. 확인해보니, 그 이상한 소리는 이의 틈새를 이용해서 무당이 만들어낸 것이었다.

지상아

분만 예정일을 하루 앞둔 L부인은 단골병원인 S산부인과를 찾았다. 진찰을 끝마친 S박사는 태아의 상태가 좋으며, 분만은 예정대로 진행될 것이니 입원하라고 했다. 다음 날, 예정대로 분만이 시작되었다. 진통 끝에 태아의 머리가 보였다. S박사는 숙달된 솜씨로 태아의 머리를 잡아당기면서 분만을 시도했다. 그런데 난데없이 태아의 머리가 툭 떨어져버리는 놀라운 일이 벌어졌다. 놀란 S박사는 허둥지둥 몸통 분만을 마저 끝마쳤다. 그러나 왜 태아의 머리가 떨어졌는지 영문을 알 수 없었다. S박사로서는 한편 답답하고 한편으로는 당황하지 않을 수 없었다. 개업 30년 동안에 수많은 아기를 받았지만 목이 떨어진, 이른바 단두아는 처음이었기 때문이다.

산모와 가족은 놀라서 넋을 잃을 지경이었다. 어제 입원할 때만 해도 산모의 상태가 좋으며 태아도 건강하다고 했다. 그런데 분만 중에 아기의 머리가 떨어졌으니 도무지 납득할 수가 없었던 것이다. 가족들이 모여서 의견을 나누고 내린 결론은 분명히 의사가 아기 머리를 지나치게 세게 잡아당겼다는 것이었다. 가족들은 S박사에게 가서 따졌다. S박사는 단지 미안하고 죄송하다는 대답밖에 할 수 있는 말이 없었다.

결국 S박사는 고발되었고, 경찰은 분만된 아기의 몸통, 머리 그리고 태반을 나에게 가지고 와서 감정을 의뢰했다. 태아가 든 상자를 풀어보고는 나도 놀랐다. 아기가 정상이 아니었기 때문이다. 아기는 산모의 자궁 내에서 사망한 지 오래된 이른바 지상아(紙狀兒, foetus papyraceous)였다.

태아가 자궁 안에서 죽으면 양수가 태아에게 스며든다. 그래서 표피가 떨어지기도 하고, 수포가 생기면서 몸이 물러진다. 그것을 시태침연屍胎浸軟, maceration이라고 한다. 그런 뒤에 석회침착石灰沈着, calcification이 일어나면 석태石胎, Lithopedion가 되고, 그 뒤에 탈수되고 위축되면 지상아가 된다. 쉽게 말하면 석회가 죽은 태아에게 스며드는 것이다. 사람들은 자궁 안 어디에 석회가 있나 궁금해하는데, 사람 몸에도 석회가 있다. 보통 골 계통에 존재하는데, 병적인 상황이 생기면 다른 세포 조직에도 석회가 스며들어 덩어리가 되기도 하고 널빤지 모양으로 나타나기도 한다.

지상아가 된 이 아기는 이미 오래전에 어머니 자궁 안에서 죽은 것이 분명했다. 떨어진 머리와 몸통을 자세히 검사해보니, 생활반응vital reaction 또한 보이지 않았다. 생활반응이라는 것은 외부 자극에 대한 생체의 병태생리학적인 반응을 말한다. 이런 생활반응이 없으면 그 외부 자극은 죽은 뒤에 가해졌다는 뜻이 된다. 아기는 자궁 내에서 사망한 채로 오랫동안 침윤되고 연화되어 있었기 때문에 머리를 조금만 건드려도 떨어지게 되어 있었던 것이다.

나는 이런 현상이 생긴 이유를 알아내기 위해 죽은 아기의 장기 조직에서 각 부분을 채취했고, 매우 희귀한 예이므로 좀 더 깊이 연구하기 위해 의사의 진료부를 검토했다.

나는 의사의 진료부를 보고 또 한 번 놀라지 않을 수 없었다. 태아의 심음心音, heart sound이 정상이라고 기재되어 있었기 때문이다. 그것도 건강하며 심장 박동이 정상이라고 쓰여 있었다. 아마 의사는 진찰할 때 청진기를 산모의 배 위에다 대고 태아의 심음을 들으면서 정신은 딴 데 팔려 있었던 게 분명했다. 그렇지 않고서야 죽어서 지상아가 된 아기의 심음을 어떻게 들을 수 있었겠는가. 그 당시 의사가 똑바로 진찰했더라면 태아가 이미 죽었다는 것을 충분히 알아낼 수 있었을 것이다. 이제 문제는 태아가 자궁 안에서 사망한 이유가 무엇인지 밝혀내야 했다. 그래서 아기에게서 채취한 장기 조직의 표본을 검사한 결과, 또 한 번 더 놀라지 않을 수 없었다. 태아의 각 장기 조직에서 선천성 매독의 소견이 보였기 때문이다. 그러니까 태아의 부모는 매독에 걸려 있었고, 태아는 매독에 감염되어 자궁 안에서 죽었던 것이다.

그런데 매독이라는 병은 모를 수도 있다. 상당히 오랫동안 통증 없이 진행되고, 저절로 낫는 것처럼 보이기 때문에 환자 자신이 모르는 경우가 많다. 매독은 병의 진행 상태에 따라 1기, 2기, 3기로 나눌 수 있다. 매독은 성행위를 통해서 감염되는데, 감염되고 나서 3~4주가 지나면 대개 성기에 구진丘疹이, 사타구니에는 림프샘염이 생기는데 통증은 없다. 게다가 치료를 하든, 하지 않든 한 달쯤 지나면 그런 증상은 자연히 없어져버린다. 이때가 1기 매독인데 병원에 가서 진단을 받지 않으면 매독인지 모르고 지나치기 쉽다. 그러고 나서 다시 석 달쯤 지나면 2기 매독이 시작된다. 이때 피부에 매독진*이 생기는데 이것도 저절로 없어진다. 3기 매독은 다시 그로부터 수개월 내지 수년 뒤에 나타나는데 온몸의 장기에 매독균이 감염되어 통증도 심하고 제 기능도 못하게 된다. 눈이 멀거나 정신착란을 일으키기도 하고, 결국 죽음에 이르게 되는 것이다. 매독이라는 병이 이렇게 자각증상이 적고, 그 증상마저 내버려두면 저절로 사라지기 때문에 병원에서 적시에 진단을 받지 않으면 자기가 매독에 걸렸는지 모르는 사람이 많다.

매독의 특효약은 페니실린이다. 그래서 페니실린이 나온 뒤 매독은 거의 자취를 감췄다. 그런데 최근에 와서 페니실린으로 인한 사고가 자주 일어나고, 그 책임을 의사에게 떠넘기므로 페니실린 투약을 꺼리는 의사가 많아졌다. 또 요즘 들어 오럴 섹스를 즐기는 경향이 있다. 그래서 매독이 성기에서 입으로, 입에서 다시 입으로 전염되기도 한다. 이런저런 이유로 다시 매독이 성행하고 있는 것이다. 아마도 이 태아의 부모도 어떤 경로로 매독에 걸렸는데, 자신들은 모르고 지내고 있었던 것 같다.

경찰에 통보해 두 부부로 하여금 매독검사를 받게 했다. 검사 통지를 받은 태아의 어머니가 나를 찾아와 자초지종을 물었다. 태아에게서 발견된 선천성 매독의 소견을 자세히 설명해주자 그 여인은 상기된 얼굴로 돌아갔다. 며칠 후에 담당 경찰관이 찾아와 알려주는 말에 따르면, 매독검사를 받은 두 부부는 그제야 매독에 감염된 사실을 알게 되었고, 그 일로 싸움이 벌어져 그 집안은 일대 수라장이 되었다고 했다.

부인은 남편이 매독에 감염된 뒤에 자기에게 전염시킨 것에 대해 분노했다. 그로 인해 태아가 자궁 안에서 죽었고, 결국 지상아를 분만하는 무서운 결과를 낳았다. 그것으로 끝도 아니다. 현재 자기 몸에 그런 무서운 병이 진행되고 있는데도 모르고 있었다고 하니 어처구니가 없었을 것이다. S박사는 매독 덕분에 공격의 화살에서 벗어날 수 있었다. 그러나 의사가 환자에게 청진기를 대고 딴생각을 한 것에는 변명의 여지가 없다. S박사는 지상아 때문에 곤경에 처했다가 다시 지상아 때문에 화를 모면한 셈이다.

편집자 노트
《법의학으로 보는 한국의 범죄 사건》 다시 보기

'살인사건'을 해결하면서 피의자에 대한 고문을 없애는 일을 가능케한 것은 법의학이었다. 그것이 전 세계 대중에게 얼굴을 내민 것은 2000년, 미드 〈CSI〉 시리즈가 텔레비전에 등장하면서부터였다.

한국에서는 어땠을까?

1978년 1월에 한국판 〈CSI〉 드라마가 시작되었다. 문국진 박사가 연재한 법의학 에세이가 한 제약회사의 사보에 짤막하게 연재되었던 것이다. 이 글은 1985년과 1986년에 단행본으로 만들어져 일반인에게 알려졌다. 그것이《새튼이》와《지상아》(1, 2권)다.

세 권 모두 그 당시 한국 사회에서 대단한 베스트셀러가 되었다. 그러나 2000년이 지나기까지, 오랜 세월 동안 한국의 법의학 드라마는 잊혀져갔다. 2011년, 한국 최초의 법의학 드라마 〈싸인〉이 텔레비전에 방영되면서 다시 법의학에 대한 관심이 뜨거워졌다.

그 사이, 1987년 문국진 선생의 제자인 황적준 박사가 박종철 고문치사 사건의 진실을 법의학으로 밝혀냈다. 1991년, 강경대 사건에서는 제 역할을 충분히 하지 못했다. 여러 가지 이유가 있었겠지만 '일반인들의 법의학에 대한 인식'도 문제가 되었다.

문국진 박사의 인터뷰집《법의관이 도끼에 맞아 죽을 뻔했디》를 출간하면서, 편집부에서는 다시《새튼이》와《지상아》를 읽고 토론했다.

너무 오래된 드라마라는 점 때문에 걱정했지만, 젊은 블로거가 오래전에 출간된《새튼이》를 읽고 "깃뚱차게 재미있다"고 올린 글을 보면서, 한국의 오래된〈CSI〉를 되살려낼 필요가 있다고 결론 내렸다. 또한《법의관이 도끼에 맞아 죽을 뻔했디》에 대한 독자들의 반응을 보면서《지상아》와《새튼이》, 이 책들은 '오래된 미래'였다는 것을 확인했다.

글은 모두 리라이팅했다. 현대적인 글맛은 필요하리라고 보았기 때문이다. 그리고 세 권에 실린 이야기 가운데 법의학적으로도 의미가 있고, 그 당시 한국 사회를 잘 보여줄 수 있는 글들을 골라서 한 권으로 묶었다.

법의학으로 보는 한국의 범죄 사건

개정판 1쇄 펴냄 2016년 7월 1일
개정판 6쇄 펴냄 2023년 4월 7일

지은이 문국진
펴낸이 안지미

펴낸곳 (주)알마
출판등록 2006년 6월 22일 제2013-000266호
주소 04056 서울시 마포구 신촌로4길 5-13, 3층
전화 02.324.3800 판매 02.324.7863 편집
전송 02.324.1144

전자우편 alma@almabook.by-works.com
페이스북 /almabooks
트위터 @alma_books
인스타그램 @alma_books

ISBN 979-11-85430-70-6 03810

알마는 아이쿱생협과 더불어 협동조합의 가치를 실천하는 출판사입니다.